近代文学のなかの〝関西弁〟

—語る関西／語られる関西—

日本近代文学会関西支部編

◉目次◉

和泉書院

企画のことば

――〝関西弁〟で近代文学へ問いかける――

熊谷昭宏
島村健司
宮薗美佳

わたしたちは普段、自分が慣れ親しんだ「地域のことば」を話しながら、あらたまった状況では「標準語（共通語）」に類するようなことばを使います。そんな使い分けを耳にしたりします。また、地域のことばを話しながら、書くときは標準語に類する書きことばを用います。はじめは意識的にそうするように鍛錬させられて／していたものが、いつしか無意識のうちに使い分けるようになっています。しかしながら、ごくありきたりの日常空間のなかで、たとえば、聞き慣れないことば／方言を話す相手と接するような、ある種の異文化接触ともいえるような事態に遭遇したとき、自分の運用することばが唯一のものではないことを身近に感じ、自らの帰属意識を省みることもあったのではないでしょうか。日本の近代文学を〝関西弁〟という視角からとらえなおしてみると、もちろん文学はフィクションなんですが、その対岸にいるわたしたちのことばの用い方、そして出自《アイデンティティー》にまで思いいたる、そんなこともあるのではないでしょうか。

関西弁から近代文学を考えてみるとき、まず念頭に浮かぶのは、関東大震災後に関西に移り住んだ谷崎潤一郎、大阪出身の織田作之助、戦後は野坂昭如や田辺聖子、近年では第一三八回の芥川賞を受賞した川上未映子などなど。これらの作者によって生み出された作品は、主人公がなぜか標準語を話すことが正道と思えるような史的展開のなかで、主人公に関西弁で発話させたり、地の文は標準語をもとにしたものという定石のようなあり方に対して、関西弁を選択して記述する試みを行ったりしています。ここにはそれぞれの作者が自らの出自や身の置きどころとするトポスと密接なかかわりがあるようにみえます。

しかし、根本的なところでは、日本の近代文学自体の出自ともかかわっているのではないでしょうか。近代文学における言文一致の試みは、標準語の浸潤に端を発する問題と深くかかわっています。標準語が練り上げられていく過程で、「標準」を定めるのに際し、各地方のことばが調査されることによって、ことばの地域差が現前化することにもなりました。こうした状況のなかで、標準語の土台となった地域とは異なる関西という言語文化圏が、近代文学において、どのように現前化されているのでしょうか。文化的な背景が考えられる一方で、表現のレベルでは、書きことばに準拠した文学テクストが、表音・抑揚という問題とどう向き合っているのでしょうか。このような問題を〝関西弁〟を交差地点として考えるというのが本企画の趣旨です。

パネリストの方々の報告に先立って、企画者のあいだで行った打ち合わせの過程で提起されたことについて、少々記しておきたいと思います。

坪内逍遙は「小説神髄」（明治18-19年）のなかの「文体論」の節で、まず「文は思想の機械なりまた粧飾なり小説を編むには最も等閑にすべからざるものなり」としつつ、「いにしへより小説に用ひ来りし文体は一定ならねど要するに雅と俗と雅俗折衷の三体の外にあらじ（中略）此三体の優劣を弁じて読者の参考に供すべし」と前置きしたうえで、柳亭種彦に言及し、「俗言はむかしの江戸言葉に似たるよりはむしろ京阪語に似たるものなり按ふに京阪の言葉の如きは頗る雅言に近きゆゑに地と詞との撞着をばなるべく少くものせむとて作者が注意したるものなるべし」としています（本文総ルビ。「京阪」には「かみがた」のルビ）。種彦の文体をとくに指針としているわけではありませんが、「読者の参考に供す」という主意からすると、注視されます。ただ、逍遙はこの節の末尾で国語改革のあり方に付言しており、「言文一途」に期待しているような節がうかがえなくもありません。この延長線上で考えると、のちの標準語に接続していくように考えられます。

こののちの転回として、話しことばを書きことばとしてとらえていくうえで、速記の存在は大きいでしょう。明治二十年代に東京で好評を得た『百花園』（明治22年5月創刊）を意識したといわれる速記雑誌『百千鳥』（明治22年9月創刊）が、大阪の駸々堂から出版されました。この雑誌では関西弁が書きことばであらわされています。以後、同種の書物が当時の大阪の出版社から陸続と発行されることにつながります。一方、金水敏がいうように、江戸時代後期には、「饒舌」「冗談好き」「けち」などというステレオタイプの関西（人）表象が「相当程度完成」していました（『ヴァーチャル日本語 役割語の謎』岩波書店、平成15年1月）。鉄道など交通・情報網のインフラ整備によって、地域間の差異がより明らかに浮かび上がってくるなかで、たとえば『文章倶楽部』の「諸国風俗」欄の設置（明治31年1月）以降には、同誌面上では印象・感情的でステレオタイプな東西比較論がけっこう目につくようになり、明治三十年代にひとつの盛り上がりをみせていました。

このころには菊池幽芳の「己が罪」が『大阪毎日新聞』（明治32～33年）に連載され、好評を博します。ヒロインの箕輪環は「摂津天下茶屋村の豪農」の娘という設定で、十四歳のときに「東京の信用ある私立某高等女学校」に入学します。東京を体験した環は関西弁を話さず、環の父などが関西弁を話すことと対照的な設定になっています。このあたりは『大阪毎日』という媒体、その背後にいる読者を配慮した設定と、そこに付随した関西弁の挿入といえるでしょう。

また、明治三十年代に書かれた落合浪雄『小説著作法』（大学館、明治36年3月）には、「方言と言ふも土地訛りと云ふも要するに（中略）地方的色彩《ローカルカラー》を個々の人物に写したものであるのです」とあり、「方言の物語又は小説は一般的《ユニバーサル》の趣味《インテレスト》を材料とするのでなければ其作の不朽を望むとは出来ないのです」としながら、このあと次のように方言を小説に取り込む方法が記されています。

方言を用ゐる事に就ては別に困難な規則はないので至極単簡なものであるのです、文字其侭に読ませるを廃めて成る可く其発音に従つて其通りに聞へる様に仮名で介意いません、書いて行く事と、夫れから一つは抑揚《アクセント》に能く注意する事、先此の位ゐなものです、畢竟聞へれば好いのです、字引から見付け出す事は出来ない字でも

著者の落合はもともと『万朝報』の記者をしていました。その後『東京日日新聞』に移ったあと、松竹の脚本部長になっています。『万朝報』は文学者を志す青年が投稿していた媒体としてもよく知られていますが、そんな需要に応じた書物とも考えられます。引用部にはありませんが、この引用の少し前に、一例として京都や大阪の地名が挙げられており、観光の視点から考えても、ある程度、関西の注目度が高かったことをうかがわせます。そうした地域へのまなざしが小説を書いていくときのノウハウを伝える書物で記されているのです。言文一致の動きを背景として、方言を記すのにアクセントに注意を払っている点も注目されます。地域へのまなざしと方言を記すこと、これらを送り出すメディアの動き、活字媒体だけでなく、大正末期のラジオや戦後のテレビの登場などが交差するなかで、関西弁もクローズアップされることになるのでしょう。

さて、関西弁を視点とするとき、それが関西という文化圏を考えるうえで、抜かすことのできない要素のひとつといえますが、そもそも関西弁という呼びかたにイコールで指示される具体的なことばはありません。大阪や京都や神戸や奈良や和歌山など、それぞれに下位区分された、それぞれの地域のことばを総称した器にすぎません。谷崎潤一郎は昭和四年の時点で「言葉は段々地方的特色を失いつゝある。男は殆ど東京弁とも違ふ標準語といふ奴になりつゝある」としながら、それと対照しつつ「関西弁」という語を用いています（「関西の女を語る」『婦人公論』昭和4年7月）。一般的に関西弁という書き方は、ごく日常的な情報媒体である新聞、たとえば『読売新聞』では、昭和十年代になって、ちらほらと散見できるようになります。それまでは「上方語」や「京阪語」（「京阪」に「か

みがた」とルビを振っているものが多い)、「京都訛り」などが用いられています。このような用語の変遷を、それぞれのシーンで個々の作家はどのようにとらえてきたのかという点などについても興味のつきないところです。

副題にある「語る関西」は、関西文化圏の内側からの、「語られる関西」は外側からのとらえ方を射程としたものです。今回パネリストとして立っていただいた方々の発表題目をみると、宮川康さんの織田作之助は内側から、花﨑育代さんの大岡昇平は内と外の体験者、木谷真紀子さんの三島由紀夫は外側から、さらに井上章一さんは文学の外側からと、うまい具合にバランスの取れたものとなりましたが、こうしたウチ／ソトという枠組み自体のくくり難さにも目を向けていく必要があるでしょう。

昨今、文化圏をまたぐ経験が増えました。何も交通機関の発達にともなって、実体的に体験することだけをいうのではありません。大画面・高画質へと伸張するテレビやインターネットなどを通して、自分がいるところと認識している場所が帰属する文化圏とは異なるあり方を、リアルに経験する瞬間があります。わたしたちはある種の異文化体験をさまざまに浴びる洪水に埋没してまっているのかもしれません。そういう意味では、日常的なことばの差異に慣らされているのかもしれません。そんなときだからこそ、〝関西弁〟で近代文学へ問いかけることによって、文学とことばの関係、文学と地域の関係を考えなおすきっかけとなれば幸いです。

最後になりましたが、このシンポジウムをブックレットにまとめるにあたって、文体を話しことばで統一しました。というのは、今回の企画趣旨のひとつが話しことばと書きことばの問題を射程としていること、そうした会場でのニュアンスを再現したいという思いからです。

織田作之助の関西弁
――『夫婦善哉』の〈地の文〉の成立と意味――

宮川　康

一　織田作之助をどう読むか

「関西人の作家における内なる関西弁」について語るという今回の私の役割と絡めて、織田作之助について考えた時、思い浮かんだのは次のようなことでした。織田の作品は、いったい、どのようなアクセントで読み進めればいいのか。例えば、代表作『夫婦善哉』の冒頭文「年中借金取が出はいりした。」をどう読むか。作家織田作之助はどのようなアクセントで文章を書き、他者《ひと》に読ませるつもりでいたのか。

織田の文章は、確かに〈地の文〉の部分は東京弁、つまり標準語で原則的には書かれているにも関わらず、標準語のアクセントで音声化すると、どうもしっくりこない。読みづらい。私は大阪で生まれはしたものの、小学校の六年間を、言語的には東日本の領域である愛知県で過ごしました。大阪に戻ってきてから、口に出す言葉こそほどなく元の大阪弁に馴染みましたが、頭の中で音声化する言葉は、ずいぶん長い間標準語のアクセントのままでした。ですから、織田の文章を標準語の文体のまま、頭の中で関西弁アクセントで読むなどという芸当が、そのような私にはなかなかに至難の業であったのです。

もちろん、たとえ標準語の文体であっても頭の中で関西弁アクセントで読むことができる読者、つまり、私のようではない、ごく普通の関西人の読者であるなら、このような感じは起こらない。文章の中でアクセントの切り替えをせず、〈台詞〉も〈地の文〉もともに関西弁アクセントで読み、何の違和感もなく、文章を読み進むことができるはずです。つまり、織田の文章は、そのような読み方で読むことを読者に要求している文章だと私は考えるのです。

今回の私の報告は、織田作之助のこのような関西弁の、いや、織田の場合でいえばやはり大阪弁の文章のとりあえずの成立を、出世作『夫婦善哉』であると見て、そこに至るまでの過程と一旦の定着のありようを、小説の〈地の文〉の大阪弁的特徴を検討することで明らかにし、その意味を考察するものです。

二　考察対象作品

それではじめに、今回の考察の対象となる十一の作品について、考察の背景となる書誌的事項を確認しておきます。

『落ちる』（一九三三（昭和八）年七月五日『嶽水会雑誌』第一一三号第三高等学校文藝部）『饒舌』（一九三四（昭和九）年一二月二五日『嶽水会雑誌』第一一七号第三高等学校文藝部）『朝』（一九三五（昭和一〇）年一二月二五日『嶽水会雑誌』第一二〇号第三高等学校文藝部／一九三五（昭和一〇）年一二月二八日『海風』第一年第一号海風発行所）『モダンランプ』（一九三六（昭和一一）年一二月九日『海風』第二年第一号海風発行所）は第三高等学校在学中からのいわゆる習作期と呼ばれる時期の戯曲です。

これらに続いて発表されたのが、小説第一作『ひとりすまふ』（一九三八（昭和一三）年六月一〇日『海風』第四年第一号海風発行所）です。以後小説は『雨』（一九三八（昭和一三）年一一月一五日『海風』第四年第二号海風社）『俗臭』（一九三九（昭和一四）年九月七日『海風』第五年第一号海風社）『署長の面会日』（一九四〇（昭和一五）年四月一日『鉱山の友』第一巻第一号大阪地方鉱業報国聯合会）『夫婦善哉』（一九四〇（昭和一五）年四月二九日『海風』第六年第一号海風社）『放浪』（一九四〇（昭和一五）年五月一日『文学界』第七巻第五号文藝春秋社）と連続して発表されていきます。

その中から『雨』『俗臭』『夫婦善哉』『放浪』、それらに加えて『探し人』（一九四〇（昭和一五）年八月一日『週刊朝日』銷夏読物号朝日新聞社）が最初の単行本『夫婦善哉』（一九四〇（昭和一五）年八月一五日創元社）に収められました。その作者による『あとがき』を見ると、収録作品の製作年月が明記されており、『夫婦善哉』と『放浪』で発表順と入れ替わっているのがわかります。(1) 今回の報告ではこの製作年代順に従って考察を進めることにします。また、『雨』については、「この集に入れるに就いては随分朱筆を入れた。」と書かれています。『俗臭』も、「殆ど原型を留めぬほど訂正した。」とあり、たしかに『雨』と『俗臭』は別作品としてもよいほど初出テクストから大きな変更が加えられています。さらに『放浪』にも部分的な異同があり、これら三作品については、考察のための統計的調査をする上において、初出テクストと、初刊テクスト、つまり単行本『夫婦善哉』所収のテクストを別のものとして扱うことにしました。

『夫婦善哉』は改造社主催の「第一回『文藝』推薦作品」に選ばれて、『文藝』第八巻第七号（一九四〇（昭和一五）年七月一日改造社）に再掲され、さらに単行本に収められます。しかし、その三者のテクストにはあまり異同は認められません。したがってここでは、初出テクストをその代表として置いてみることにします。『探し人』は単行本発刊の直前に発表された作品であり、初刊テクストとの間にわずかな異同はありますが、これも初出テクストに基づいて考察を進めます。

つまり、今回の報告において、『ひとりすまふ』から『探し人』の七つの小説を対象として統計的調査を行っている場合、それぞれの初出テクストとあわせて、『雨』『俗臭』『放浪』の三つの初刊テクスト、合計十のテクストが対象となることになります。

三　織田の言語環境

織田の文章を考える上で、織田の置かれてきた言語環境を確認してみたいと思います。

大阪弁の代表格とされる「船場言葉」が使われたのは、大阪の伝統的な中心地船場島之内ですが、織田はそこから遠くない東に位置する庶民の町、上汐町界隈で生まれ、少年時代までを過ごします。[2]織田の父鶴吉は京都、母たかゑは現在の岸和田の出身であり、鶴吉は板前となって青年期に大阪に出てきて老舗の料亭に勤めます。前田勇は「日常生活に女房詞を頻用したということ、それは船場言葉の大きな特色の一つであった」と述べていますが、[3]「船場言葉」が「女房詞」への志向を持っていたのだとすれば、京都の武家出身の鶴吉が「船場言葉」に馴染むのはさほど難しくはなかったでしょう。また、たかゑは現岸和田市の山奥の庄屋の娘、田舎では格式のある良《え》え家《し》のお嬢さんだったわけで、仲居として大阪に出てきてからは、市内の大阪弁に馴染んでいったと想像されます。

第三高等学校に入学した織田の特に親しかった友人には、白崎禮三、瀬川健一郎、青山光二がいます。順に敦賀、大阪、神戸の出身で、いずれも、普通、近畿方言、つまり関西弁の使用地域と見なされています。[4]京都で過ごした五年の学生生活の間も、織田の大阪弁の使用を阻害する要素は存在しなかったと言えるでしょう。加えて、三高時代に出会い、後に織田の妻となる宮田一枝も、姫路で生まれ育ち京都で女給をしていた関西弁の女性でした。もちろん、織田ら三高生も所謂「学生言葉」で標準語のような会話をしたでしょうが、アクセントは関西式であったに違いありません。

『大阪・大阪（四）』（一九四一（昭和十六）年八月一二日『朝日新聞』大阪版朝日新聞大阪本社）には、三高を中退した織田が三年の東京暮らしを経て大阪に帰り、「一調子外れた東京弁ぐらゐは使へるやうになつてゐて、二言目には、君、東京ぢやね……。しかし、使ひながら、つくぐ考へてみると、どうもほかの人の使つてゐる言葉、すなはち私の毛嫌ひしてゐた大阪弁の方が、はるかによいやうに思はれ」「私も再び大阪弁を使ひだした。」と書かれています。ただ、織田が実際にどの程度「東京弁ぐらゐは使へるやうになつてゐた」のかは定かではありません。

四　『夫婦善哉』の〈地の文〉の成立

a　習作戯曲

小説作品の検討に入る前に、〈地の文〉を持たない習作の戯曲作品についても、一瞥しておくことにします。

といっても、織田の四つの習作戯曲の中に大阪弁は存在しない。関西弁なら存在します。第一作『落ちる』は全編紀州弁で書かれています。これを高校生が初めて発表した戯曲として見ると、この方言の使いこなしは、見事と言ってよい。自らの言葉ではない紀州弁を織田が書きこなすには、姉タツの夫で和歌山出身の竹中國治郎や、その兄弟たちの言葉を創作に用いるべき言葉として、日頃から意識的に聴き取っていたことが想像されます。

ところが、第二作の『饒舌』からは織田の戯曲は、一転して東京弁、つまり標準語で書かれていきます。作品の内容にも『落ちる』には見られなかった、織田文学の永遠のテーマ「嫉妬」が、非常にわかりやすい形で現われてきます。織田の全作品を貫く唯一最大の抽象的テーマが、ここで作品の中心に居座ったことによって、『落ちる』の持っていたリアリティが急激に薄まったことは否めません。つづく『朝』『モダンランプ』も正統な標準語を用いて書かれていますが、私の印象批評を許してもらえるならば、台詞が板についていない、血が通っていない、人間味が感じられない、つまり、リアリティが薄いわけです。

b 〈地の文〉の定義

さて、いよいよ小説作品に触れていきたいと思いますが、まず、ここで私がいう〈地の文〉とはどのようなものかを定義づけておきましょう。次の文章は掌編『馬地獄』（『動物集』のうちの一篇。一九四二（昭和一七）年一二月一日『大阪文学』創刊号輝文館）の後半部分ですが[5]、ここでいう〈地の文〉を説明するのに便利な文章です。

　ある日、そんな風にやつとの努力で渡つて行つた轍の音をききながら、ほつとして欄干をはなれようとすると、一人の男が寄つて来た。貧乏たらしく薄汚い。哀れな声で、A針中野まで行くにはどう行けばよいのかと、紀州訛できいた。渡辺橋から市電で阿倍野まで行き、そこから大鉄電車で――と説明しかけると、Aいや、歩いて行くつもりだと言ふ。そら、君、無茶だよ。だつて、ここから針中野まで何里……あるかもわからぬ遠さにあきれてゐると、B実は、私は和歌山の者ですが、知人を頼つて西宮まで訪ねて行きましたところ、針中野というところへ移転したとかで、西宮までの電車賃はありましたが、あと一文もなく、朝から何も食べず、空腹をかかへて西宮からやつとここまで歩いてやつて来ました、あと何里ぐらゐありますか。半分泣き声だつた。

　思はず、君、失礼だけれどこれを電車賃にしたまへと、よれよれの五十銭《せん》札を男の手に握らせた。（中略）

　それから三日経つた夕方、れいのやうに欄干に凭れて、汚い川水をながめてゐると、うしろから声をかけられた。Cもし、もし、ちよつとお伺ひしますがのし、針中野ちゆうたらここから……、振り向いて、あつ君はこの間の――男は足音高く逃げて行つた。

これに見られるように、織田の小説の文章には、〈台詞〉と〈地の文〉の区別の判然としない部分が多くあります。所謂〈台詞〉と判別する可能性のあるものは、ここに線を引いた八箇所でしょう。このうち視点人物の言葉にあたる波線部は誰が見ても〈台詞〉と判断できるでしょう。小説世界の中で彼が実際に話したであろう言葉が写しとられています。それに対し、「男」の言葉は三種に区別されます。Aと記号を付した点線部、Bの一重傍線部、

Cの二重傍線部。このうち「男」が実際に話した言葉がそのまま写しとられているのはCの部分のみ。Bの部分もそのように思われますが、実際には「男」が話したと思われる言葉の内容を会話体にして、標準語に近い言葉に置き換えたものであることがわかります。Aの部分は会話体であることをやめ、言葉の内容を散文的に表示しているにすぎません。織田の多くの小説には大雑把に言ってこのA・B・Cのような三種の〈台詞〉の役割を果たす部分があります。

これからの考察において私が〈地の文〉と呼ぶのは、この文章の線の引かれていない部分に、点線部Aの部分を加えたものです。Aは〈台詞〉としての独立性が乏しく、あくまでも語り手の言葉による説明の一部であると考えられるからです。Bは、Aと比較して独立性があり、登場人物の個性が反映されていると考えられます。

c　大阪弁的特徴

さて、それでは次に、その〈地の文〉を関西弁アクセント、いや、これもあえて「大阪弁アクセント」と呼びますが、その大阪弁アクセントで読むのが適当か否かの判断をどのようにするのか。つまり、その〈地の文〉が大阪弁的特徴を持っているかという判断をどうするか、ということです。

ですが、その前に、ここで対象とする織田の小説のすべての〈地の文〉は一見して標準語の形を持っています。したがって、もちろん、冒頭に述べたように標準語アクセントで読むことが可能です。いや、その方が一般的であると言えるでしょう。それでは、標準語で書かれたものをあえて大阪弁アクセントで読んで、読み手の側として、なぜそれほどの違和が生じないのか。

山本俊治氏は、優劣の判別がはっきりしている二言語間では「場合に応じて二言語のつかいわけ」をするのが普通であるが大阪の場合はそうではなく、「自ら恃む心は大阪方言の使用を後退せしめず、無意識のうちにうけた共通語からの影響が、時に木に竹をついだような『混淆語』を生ぜしめるのである。今日われわれが耳にする現実の大阪方言は、このような相《すがた》においてとらえられる。」と述べておられます。(6)

だから、ここでその〈地の文〉が大阪弁的特徴を持っている、と判断する場合、それはその〈地の文〉が標準語の形を持っていながらも、わずかながらも大阪弁への傾斜を持っているということで充分なのです。それでも大阪人ならば、その〈地の文〉を標準語アクセントで読むよりは大阪弁アクセントで読む方が相応しいと感じることができるのです。そして何よりもその〈地の文〉の書き手の織田こそが、そのような言語感覚の持ち主であったと考えられます。

さて、その傾斜の測り方ですが、文法的には、ハ行五段活用動詞連用形ウ音便、過去の打ち消しの助動詞「なんだ」、継続の補助動詞「てる」、副詞「よう」を用いた不可能表現の四項目を目安として置いて見ることにします。(7)また、これとは別に、語彙的に所謂「大阪言葉」と言われるものが〈地の文〉でどの程度使われているかということも、その傾斜を見るために有効でしょう。(8)その調査の結果が表1～3です。

d 『ひとりすまふ』～『探し人』

それでは、『ひとりすまふ』から『探し人』の七作品十のテクストに即して、書き手である織田自身がこれらの〈地の文〉を標準語アクセントで書いていたか、大阪弁アクセントで書いていたか、つまり、彼の頭の中でどのように音声化していたか、ということを、この調査結果から考察します。

表1を見てみましょう。各作品のハ行動詞連用形の促音便とウ音便の使用度数を動詞の種別ごとに比較してみたものです。十のテクストを通じて連用形音便の使用度数の多い順、同一度数の中ではウ音便の使用度数の多い順に並んでいます。ウ音便のある動詞はゴシック体で、ウ音便の数値は斜体で表記しています。

◎表１　『ひとりすまふ』～『探し人』の〈地の文〉におけるハ行五段活用連用形促・ウ音便使用度数

No.	動詞＼作品名	ひとりすまふ 促	ひとりすまふ ウ	雨（初出） 促	雨（初出） ウ	俗臭（初出） 促	俗臭（初出） ウ	署長の面会日 促	署長の面会日 ウ	放浪（初出） 促	放浪（初出） ウ	夫婦善哉 促	夫婦善哉 ウ	雨（初刊） 促	雨（初刊） ウ	俗臭（初刊） 促	俗臭（初刊） ウ	放浪（初刊） 促	放浪（初刊） ウ	探し人 促	探し人 ウ	総計 促音便	総計 ウ音便	総計 計
1	いふ（言）	55		15		40		11		32		31	6	11		8		31		3		237	6	243
2	おもふ（思・想）	52		37		24		3		24		24		20		4		22		2		212	0	212
3	しまふ（了）	17		32		11		2		4		11	1	14		8		3		1		103	1	104
4	もらふ（貰）			12		7				5		2		7		4		5				42	0	42
5	あふ（会・合）	3		3		5	2					5	1	4		1				3		24	3	27
6	かふ（買）	1		4		1				8		2			1	2		8				26	1	27
7	わらふ（笑・嗤）	2		6				1		4		2		4				4				23	0	23
8	つかふ（使・費）					8		1		1		9				1		1				21	0	21
9	はらふ（払）					5				2		4				3		2				16	0	16
10	ちがふ（違）	1		1						2		6		1				2		1		14	0	14
11	やとふ（雇）			1		5						1		4		3						14	0	14
12	かよふ（通）	1		4						1		1		2				1		1		11	0	11
13	むかふ（向）			1		2				3				1				3		1		11	0	11
14	くふ（食・喰）			1						1		3		2		1		1				9	0	9
15	うしなふ（失・喪）	2		3		1							1	1								7	1	8
16	うたふ（唄・歌）	1		2										4	1							7	1	8
17	きらふ（嫌）	4				1						1				1		1				8	0	8
18	ならふ（習）			1		2						2		2		1						8	0	8
19	ゑふ（酔）		1		1	2	1						1		1							2	5	7
20	わづらふ（患）	2		1		1				1				1				1				7	0	7
21	おふ（追）	1					1				2						1		1			1	5	6
22	てつだふ（手伝）					2				1		1				1		1				6	0	6
23	ただよふ（漂）		2								1		1						1			0	5	5
24	よそほふ（装）			1							1			2					1			3	2	5
25	あらがふ（坑）			2		1								2								5	0	5
26	かなふ（適・叶）					2				1		1						1				5	0	5
27	したがふ（従）			1		3								1								5	0	5
28	ふるまふ（振舞）					2						2								1		5	0	5
29	おふ（負）			1							1					1			1			2	2	4
30	すふ（吸）			1		1	2															2	2	4
31	まよふ（迷）									1	1							1	1			2	2	4
32	あきなふ（商）									1		2						1				4	0	4
33	よつぱらふ（酔）			1		1				1								1				4	0	4
34	あつかふ（扱）			1		1										1						3	0	3
35	うばふ（奪）			1						1								1				3	0	3
36	おこなふ（行）	2														1						3	0	3
37	やしなふ（養）			1		1										1						3	0	3
38	そふ（添）				1		1															0	2	2
39	まふ（舞）			1											1							1	1	2
40	うらなふ（占）			1										1								2	0	2
41	おそふ（襲）			1										1								2	0	2
42	くるふ（狂）									1								1				2	0	2
43	たたかふ（闘）	1		1																		2	0	2
44	ちかふ（誓）											2										2	0	2
45	おほふ（覆）		1																			0	1	1
46	さまよふ（逍遥）				1																	0	1	1
47	とふ（問）		1																			0	1	1
48	ぬふ（縫）														1							0	1	1
	使用度数１（促音便）（No.49～No.70）は省略した																							
統計	計	151	5	142	3	133	7	19	0	95	6	117	11	86	5	42	1	92	5	14	0	891	43	934
統計	総計	156		145		140		19		101		128		91		43		97		14		934		
統計	ウ音便％	3.2		2.1		5		0		5.9		8.6		5.5		2.3		5.2		0		4.6		

ここで十のテクストの総計でウ音便の使用度数の最も多いのは、動詞そのものの使用度数も最も多い№1の「言ふ」の六度、次が№19「酔ふ」、№21「追ふ」、№23「ただよふ」の五度ということになります。しかし、この一位と二位群の使用のありようは正反対です。「言ふ」の六度はすべて『夫婦善哉』に集中しています。二位群の三つの動詞は、『署長の面会日』と『探し人』をのぞく作品に一、二度ずつ分散しているのです。

話は飛びますが、『署長の面会日』は、以前私が紹介した全集未収録作品です。実は今回のこの調査では、この作品のみ、〈地の文〉の大阪弁への傾斜は少しも見られません。この時期の作品としては異質なのですが、これは掲載誌である『鉱山の友』がその発行元である大阪地方鉱業報国聯合会に所属する近畿・中国・四国の二府十六県にわたる鉱山において回覧される雑誌であることに織田が配慮したものと考えられます。

話を戻します。二位群の三つの動詞の共通点は、おそらく活用語尾の前の音がオ段音であることのみで、特別な法則性は見られません。つまり、このウ音便使用は、織田のこれらの動詞に対する書き癖よるものだと単純に言うことができるでしょう。ただ、これらの動詞が促音便になることを知らなかったわけではなく、少なくとも「酔ふ」と「追ふ」に関しては、促音便形も一、二度は使用しています。それでも織田はこれらの動詞はウ音便で書いてしまう癖を持っていた。一見標準語形の〈地の文〉の中で、このような癖をうっかり出してしまうのは、彼の頭の中でその文章が大阪弁で読まれているからだというのは早計でしょうか。

織田の小説の実質第一作は『雨』であるとよく言われます。そして、大阪を描いた織田独自の世界は『雨』から始まるとも言われます。青山光二氏は「前作「ひとりすまう《ママ》」から半歳余にして見せたこの飛躍は、おどろくべきものだった。」と述べています。[9] しかし、この表1で確認すると、ウ音便の度数は『ひとりすまふ』が五、初出の『雨』が三。出現パーセントにしても、三・二対二・一。このことは、この二つの作品の〈地の文〉がこの観点からは大差がなかったことを表わしてます。

実際に二つの作品を比較してみましょう。『ひとりすまふ』は冒頭、初出『雨』は冒頭から二つめの形式段落の文章です。

　奇妙なことは、最初その女を見た時、ぼくは、あゝこの女は身投げするに違ひないと思ひ込んで了つたことなのだ、――と彼は語り出した。彼が二十一才の時の話といふ。（『ひとりすまふ』七三頁一～二行）

　三十六才になつて初めて自分もまた己れの幸福を主張する権利をもつてもいゝのだと気付かされたが、そのとき不幸が始まつた。それまでは、「私《あて》ですか。私《あて》はどうでも宜ろしおます」と口癖に言つてゐた。お君は働きものであつた。（初出『雨』一五九頁七～九行）

　これを見ると〈地の文〉に大差はなくとも〈台詞〉の部分がはっきり違います。『雨』の方は「私《あて》ですか。私《あて》はどうでも宜ろしおます」とはっきり大阪弁になっています。『ひとりすまふ』の〈台詞〉は、冒頭がそうであるように、みな標準語です。『わが文学修業』（一九四三（昭和一八）年三月二八日『現代文学』第六巻第四号大観堂）には「文楽で科白が地の文に融け合ふ美しさに陶然としてゐたので会話をなるべく地の文の中に入れて、全体のスタイルを語り物の形式に近づけた。」とあります。〈台詞〉が大阪弁である以上、〈地の文〉もまた大阪弁アクセントである方が、「融け合ふ」ために都合がいいのは当然で、少なくとも織田は『雨』の〈地の文〉を大阪弁アクセントで書いた、と考えてもいいでしょう。私は以後このような一見標準語形の大阪弁を「標準語大阪弁」と呼ぶことにしますが、『雨』の〈地の文〉が、その標準語大阪弁であったとすれば、それと大差のない大阪弁的特徴を持つ『ひとりすまふ』の〈地の文〉も実は標準語大阪弁だったと考えられるのではないでしょうか。たとえば表2にあるように、『ひとりすまふ』の〈地の文〉の中には「言ってる」というような大阪弁的特徴を持つ補助動詞がまぎれこんでもいるのです。

　しかし、『雨』の〈地の文〉がたしかに『ひとりすまふ』のものよりもより大阪弁的であると言えるのは、その

◎表２　『ひとりすまふ』～『探し人』の〈地の文〉における大阪弁的特徴

作品名	過去の打ち消しの助動詞「なんだ」の使用	継続の補助動詞「てる」の使用	副詞「よう」を用いた不可能表現
ひとりすまふ		・言つてる	
雨（初出）			
俗臭（初出）		・いつてる ・言つてる ・使つてる ・変つてる ・もってる	
署長の面会日			
放浪（初出）			・よう起きなかった。
夫婦善哉	・本当のことも言へなんだ。 ・暫くは口も利けなんだ。		・顔もよう見なかつた。
雨（初刊）	・たしなめたが、聴かなんだ。	・好いてる	・顔もよう見ないで言つた。
俗臭（初刊）			
放浪（初刊）			・よう起きなかった。
探し人	・嬉し涙でないともいへなんだ。 ・どうしてものみこめなんだ。		

「大阪言葉」の豊富さでしょう。表３を見ると、『ひとりすまふ』の方は「大阪言葉」を全く抑制している。つまり織田は『ひとりすまふ』までは意識の上では正統な標準語を書こうと努力している。『饒舌』以後の戯曲でそうしたように。しかし無意識に標準語大阪弁で書いてしまっているのです。『雨』ではたしかに織田は〈地の文〉も標準語大阪弁で書くこと、読まれることを意識している。多くの「大阪言葉」を〈地の文〉に入れこむためには、そのように読まれることが自然であり、それを予測もしたでしょう。ただし、文法的な工夫はまだなされていません。

再び表１を見ます。初出の『俗臭』『放浪』となると微妙ではありますが、ウ音便の使用度数が増えてきます。動詞は先にあげた三つの動詞のほかに、№５「あふ」、№29「負ふ」、№30「すふ」、№31「迷ふ」、№38「添ふ」。ウ音便形でオーとオ段長音になるもの以外に「すふ」と

◎表３　『ひとりすまふ』〜『探し人』の〈地の文〉における〈大阪言葉〉

作品名	大阪言葉
ひとりすまふ（0）	
雨（初出） （15）	【体言】　裁縫（おはり）、さはり、路地、和尚（おつ）さん、やんちゃ坊主、筒つ包、薄ぼんやり、ちやち　（８） 【用言】　へばりつき、ぼろい、かこつ〔て〕、しやらくさい、阿呆らしく、落籍（ひか）さ〔れて〕（６） 【その他】どうなりかうなり　（１）
俗臭（初出） （11）	【体言】　私（わて）、私（あて）、オイチヨ博奕（カブ）、良家（ええとこ）、厚子、商売人、物日（もんび）、しもたや、十八番（おはこ）、機会（しほ）（10） 【用言】　ヒツツク　（１）
署長の面会日（０）	
放浪（初出） （27）	【体言】　お婆、在所、果物屋（あかもんや）、お爺、板場、滑稽話（おちょけばなし）、立ちん坊、関東煮（かんとだき）、夜泣うどん屋、仕出し屋、けん、ぼんぼん、まむし、タレ、真つ暗がり、路地、オイチヨカブ、帳場、雑魚場、はつたり、出しな、姫買ひ、皺くちや　(23) 【用言】　奇体（けつたい）な、へばりつい〔て〕（２） 【その他】いけしやあしやあと、いつぞや　（２）
夫婦善哉 （38）	【体言】　節季、路地、古着屋（ふるてや）、河童（がたろ）、おちょぼ、厚子、丁稚、サワリ、ドテ焼き、まむし、関東煮（かんとだき）、ヤトナ、うまいもん屋、かやく飯、拾い屋、赤出し、担ぎ屋、八卦見、紋日、果物屋（あかもんや）、酒しよ、待て暫し、二束三文、小ぢんまり、辛抱（しんぼ）、はつさい、節約（しまつ）、本真、わや、目茶苦茶、べんちゃら、機会（しほ）、けちんぼ、てん手古舞、もって来い　(35) 【用言】　えらい、へばりつい〔て〕（２） 【その他】立て板に水　（１）
雨（初刊） （20）	【体言】　サハリ、路地、路次、地蔵盆、やんちや坊主、筒つぽ、薄ぼんやり、出しぬけ、出しな、他所（よそ）、けちんぼ、節約（しまつ）、出て行きしな　(13) 【用言】　へばりつき、ひつつい〔た〕、ぢぢむさい、阿呆らしい、落籍（ひか）さ〔れて〕（５） 【その他】何がなし、どうなりかうなり　（２）
俗臭（初刊） （16）	【体言】　坊ん坊ん、しもたや、紋日、帳場、 節約（しまつ）、機会（しほ）、もん、真黒け、つぶし　（９） 【用言】　仕様がなかつ〔た〕、折れて曲がつ〔た〕、こしらへる、ぼけ〔た〕（４） 【その他】なんぼう、どだい、ピーピー　（３）
放浪（初刊） （28）	【体言】　お婆、在所、果物屋（あかもんや）、お爺、板場、滑稽話（おちょけばなし）、立ちん坊、関東煮（かんとだき）、夜泣うどん屋、仕出し屋、けん、ぼんぼん、まむし、きも吸、タレ、真暗がり、路地、オイチヨカブ、帳場、雑魚場、はつたり、出しな、姫買ひ、皺くちや　(24) 【用言】　奇体（けつたい）な、へばりつい〔て〕（２） 【その他】いけしやあしやあと、いつぞや　（２）
探し人 （10）	【体言】　一張羅衣、陣平さん、路地、御寮さん、ごつちや、十八番（おはこ）、与太、しんねりむつつり、はつたり（８） 【用言】　粋（すい）な　（１） 【その他】何ぼう　（１）

※（　）内の仮名はルビ、数字は個数。〔　〕内は付属語。

いうウ段長音になるものが加わっています。ウ音便以外にも、『俗臭』においては表2の補助動詞「てる」の多用、『放浪』においては表3の「大阪言葉」の倍増に〈地の文〉の大阪的特徴が強化されています。しかし、これらも文法的な面においては、あまり意図的になされているとは思えません。むしろ織田の大阪弁意識が強くなってきたことの表れでしょう。

意図的に文法的な工夫が見られるようになるのは『夫婦善哉』です。表1にあるようにウ音便の度数は十一に増え、しかもその半分以上が今までに音便の存在しなかった「言ふ」に集中します。表2を見ると、副詞「よう」を用いた不可能表現が登場し、最も標準語アクセントで読みにくい過去の打ち消しの助動詞「なんだ」が二度使用されます。『夫婦善哉』の〈地の文〉は標準語大阪弁、いや、ただの大阪弁と言ってもいいのかもしれませんが、そう読むことが自然な文章になりおおせているのです。

青山光二氏は「名作『夫婦善哉』によってひとまず完成したといえる斬新な文体」と直感的に述べておられます[10]が、まさに『夫婦善哉』において織田の大阪弁的〈地の文〉は織田の内なる自然言語としてではなく、それに基づいたものではありますが、意図的なものとして成立します。

単行本への『雨』『俗臭』『放浪』の改稿は、この〈地の文〉を定着させるものだったと言っていいでしょう。それは特に『雨』において顕著で、初出の三分の二程度の長さになっているにも関わらず、動詞ウ音便は増え、副詞「よう」や助動詞「なんだ」が現われ、「大阪言葉」の種類も増えています。『俗臭』は三分の一に短縮され、ウ音便も一例にとどまり、表2も空欄になっていますが、〈地の文〉の中に初出では〈台詞〉であった「字のよう書くもんはどだい仕様がなかつたが」（初刊一四六頁一一〜一二行）というような表現がくり入れられ、また表3のように「大阪言葉」も増えて、大阪弁らしさを強めています。『放浪』は文法的、語彙的にはすでに『夫婦善哉』に近づいており、その点では初出との違いはあまり見られません。『探し人』になると表1のようにハ行動詞連用形の全体数そのものが減るのですが、これは「言ふ」「思ふ」という動詞の使用を極力避けているせいでしょう。ウ音便も出現しません。しかし、表2のように「なんだ」は生き残って、単行本『夫婦善哉』の〈地の文〉の統一感を損なってはいません。

五　『夫婦善哉』の〈地の文〉の意味

織田作之助の単行本『夫婦善哉』までの〈地の文〉は一見標準語のようですが、実は大阪弁アクセントで読まれるべき標準語、私の言葉で言えば標準語大阪弁であったことを何とか立証しようと努めました。それは、比喩的にいえば、織田の体質のようなものであったのだと述べようとしたのです。

たしかに、習作期と呼ばれる『ひとりすまふ』まで、織田はそのことに無自覚、いや、さらに言うならば否定的だったのかもしれません。しかし、勝手に想像するならば、彼の頭の中で鳴り響くのは、あくまで標準語大阪弁だったのです。

『ひとりすまふ』から半年後、『雨』において織田はその標準語大阪弁の上に開き直ります。自らの言語への立て籠もり、つまり、「回帰」するのです。そして、それに意味を与えるための「異化」、自らの拠って立つ言語である大阪弁の差別化を図ろうとします。そのために持ち出したのが、かつて『落ちる』で見事に使いこなした紀州弁でした。『俗臭』に突然紀州弁が登場するのは、そのような事情だと私は考えます。『俗臭』は、紀州弁を異化しますが、そのことで同時に〈地の文〉の標準語大阪弁を異化しているのです。『放浪』では、今度は主人公兄弟の言葉である泉州弁が異化の対象となります。

関西弁を中心とした他の方言によって大阪弁を異化する試みを続け、それによって、関西弁の中で大阪弁に対して標準語に近い特別な地位を与えるという意図だったのかもしれません。しかし、だとすれば、やはり自慰的だと言わざるを得ないでしょう。

ところが、『夫婦善哉』には大阪弁以外の方言はほぼ登場しません。そこにはどのような意味があったのか。他の方言を挿入せぬことによって異化を諦めたのか。むろんそうではないでしょう。織田はここではじめて、意図的に自らの標準語大阪弁に工夫をこらし、より大阪弁らしく、〈地の文〉自体が大阪弁であることを主張するようになります。

織田は自らの大阪弁を何に対して異化しようと試みたのか。言うまでもなく、敵は東京弁、いや標準語だったのです。織田は自らの大阪弁の中に他の方言を挿入することで自らを異化するなどという姑息なマネをやめ、自らを異物とすることで、標準語から異化されようとしたのです。『夫婦善哉』の「『文藝』推薦作品」受賞時の『感想』(『文藝』第八巻第七号(前掲))において、織田が「私の『夫婦善哉』は自玉側の端の歩を突いたやうな小説」と言ったのは、このような意味だったと私は考えます。

なぜ、織田がここで大阪弁の世界への「回帰」の自慰から「端の歩」なりとも標準語への「攻撃」に転じ、そこに、それなりの確信をもつようになったのか。たとえば、織田が『夫婦善哉』の〈地の文〉を定着させる単行本発刊前後から地方文学論が活発に行われて、その裏に大政翼賛会の地方文化振興の動きなどが見え隠れするようになるという状況を見越していたのか。[11] そのあたりの事情ついては、またの機会に論じたいと思います。

注

(1) 『あとがき』では「『放浪』昭和十五年三月作/『夫婦善哉』昭和十五年四月作」となっている。

(2) 織田やその関係者の伝記的記述は、大谷晃一『生き愛し書いた織田作之助伝』(一九七三(昭和四八)年一〇月八日講談社)や関根和行「織田作之助年譜」(一九七九(昭和五四)年一月一日『資料織田作之助』オリジン出版センター）をふまえている。

（3）前田勇『大阪弁』〈朝日選書八〇〉（一九七七（昭和五二）年二月二〇日朝日新聞社）

（4）例えば、楳垣実「近畿方言総説」（一九六二（昭和三七年三月二五日楳垣実編『近畿方言の総合的研究』三省堂）における方言区画の地図においては、西は播磨地方、東は若狭地方までが近畿方言の区画とされている。

（5）引用文は初刊本（一九四二（昭和一七）年一〇月一日『漂流』輝文館）に拠っている。

（6）山本俊治「大阪府方言」（『近畿方言の総合的研究』（前掲））

（7）楳垣実、前田勇、山本俊治各氏の前掲文献等を参考にした。

（8）「大阪言葉」の判断は、牧村史陽編『大阪ことば事典』〈講談社学術文庫六五八〉（一九八四（昭和五九）年一〇月一〇日講談社）に拠った。

（9）青山光二「作品解題」（一九七〇（昭和四五）年二月二四日『織田作之助全集1』講談社）

（10）（9）に同じ。

（11）例えば、中村武羅夫「文学と地方語および地方文化」（一九四〇（昭和一五）年六月一日『新潮』第三七年第六号新潮社）は沖縄の言語状況に触れつつ、地方文学の台頭を論じ、池島重信「地方文化の出路」（一九四一（昭和一六）年一一月一日『新潮』第三八年第一一号新潮社）が地方文化振興に関わる大政翼賛会の動きにも触れている。

〝関西弁〟からみる大岡昇平の文学

花﨑育代

一　はじめに

「近代文学のなかの〝関西弁〟」、その「関西弁」とはどのようなものなのか。パネリストの一人として当初からの私の役割は、関西弁の少し外部から関西弁を考えるということ、関西以外の共通語の土台となった方言地域の出身作家を同地域の出身者が語るということ、と伺っておりました。関西で生育しなかったものの、短期の生活者として関西弁の地域に暮らした大岡昇平の文学をその「関西弁」という側面から考える試みを行いたいと存じます。

二　「関西弁」とはなにか

まず、「関西弁」とはなにか。「大阪弁」「京都弁」（これらは大雑把な言い方のはずですが、いま少し措いておきます）ではなく「関西弁」です。「関西」というエリアを冠していますが、「関西弁」ということばは、小学館の『日本国語大辞典』の第二版で掲載されるようになったものの、初版には載っていなかった、しかし流通していることばです。中央に対する地方という「(関西)方言」とも、また「(関西)ことば」とも言いません。日本語学、社会言語学の真田信治氏[1]、山口仲美氏[2]に拠れば、「日本の中心言語」は近世、具体的には宝暦年間頃に江戸語に移行しつつあり、文化文政期頃には特色ある江戸語が完成したということです。各地の方言書が何処の言葉を規準とするかという基準語も「十八世紀の中葉」に「規準」が「上方から江戸へ」「移動」しています。つまり、いわゆる近代国民国家形成期の「標準語」策定期以前に、京都・大坂を中心とする「上方語」から「江戸語」そして「東京語」へという流れがあったということです。ですから「関西弁」は当然他の言語とは異なり、かつて規準のことばであったものが近世の一八世紀中頃にその位置を「江戸語」に譲ったことばでもあるわけです。すると「関西弁」という言葉のニュアンスがここに関係あるのかないのか――。このことは「方言」か「弁」か「ことば」かという呼称に関わります。

たとえば、「京都弁」という言い方があります。ニュアンスをどう感じるかという問題ですから、判断の難しいところですが、後で述べる大岡作品中の、東京弁と比較された関西弁の問題とも無縁ではないはずですので掲げておきます。京都市内で一九二五年に生まれ育った言語学者の堀井令以知氏はこのように述べています。

「京都語」は「京ことば」ともいう。京都人にとっては「京都方言」と方言の名称で呼ばれるのは好ましくない。京都語は方言ではないという意識が強いからである。全国でも、京都語は地域のことばとしては最もプライドが高いことばといえる。「京都弁」という言い方も避けたほうがよい。(3)

一例に過ぎないかもしれませんが、かく考えて自身の専門分野、責任において表明しているという重みを鑑みれば、ここでは「京都弁」という「弁」や「方言」は、「ことば」より下の位の価値判断におかれているといえます。

しかし、たとえば夏目漱石『三四郎』に出てくる「京都弁」という言い方には、文脈上、否定的な意味はないといえます。同作「三の四」、上京まもない三四郎が与次郎と共に京都の日本料理屋平の家の東京は日本橋の支店に行く場面です。「其所の下女はみんな京都弁を使ふ。甚だ纏綿してゐる」(4)。江戸ッ子漱石の作品内で、細やかな心遣いの一端として書かれており、貶めているニュアンスはない、どころかプラスイメージと意味のなかで「京都弁」

は使われています。

僅かな例ながら言えることは、「関西弁」という語感や「関西弁」を使うか否かということ、それが関西内部に住んでいる人間とその他とりわけ近世後期に基準語の位置をもった江戸語使用地域に暮らしている人間との違いなのか、近代の中の細かい時期の違いなのか、個人的感覚の差異なのか、決定的なことは言えないということでしょう。

三　なぜ「大岡昇平」なのか

和歌山で生育した両親が東京に出て、大岡は一九〇九（明治四二）年に牛込区で生まれました。そして関西弁の両親の下、主に東京南部渋谷世田谷で育ち、教育は、小学校は渋谷の公立、中学からは青山学院、成城高校と経て大学で京都―京大、また、昭和十年代には神戸でサラリーマン生活を送っています。前述のように発表者である私は、東京生まれ、東京神奈川に育ちながら、両親は静岡県出身、母は京都育ち、そうした親に育てられており、時間的差異を別にすれば数多いる関西地域以外の作家のなかで言語習得過程においてこの大岡に近いといえるかもしれません。むろん類似の体験をしたからといって、わかる、という意味ではありません。また安田敏朗氏の[5]、「「方言矯正」と「方言共生」とは同じ音」と言い、脳天気な〈共に生きる〉「共生」に警鐘をならしながら述べている「「方言」というよりも「自分の言葉」を大切にすべきだ」との文言を引くまでもなく、個々人の言語習得の歴史やその表出の仕方はそれぞれ異なりますから、一般化はできません。また、そもそも一般化は個別の文学作品の分析に馴染まない面の方が多いでしょう。しかし発表者の私は、共通語の土台の方言地域の出身作家を同地域の出身者が語るという役割分担なので特に申すのですが、私は、先に述べた生育状況で申しますと、（そのようなものが存在するとして）〈純粋〉な江戸―東京育ちではありません。生粋の江戸―東京人なる人からみれば彼らが書いたことばはアクセントを含めほんとうには解らないということになってしまうわけでもありますが、先述の漱石のような江戸っ子ではなく、家庭での母語習得においては関西弁のアクセントで育てられたと思しき大岡昇平の場合に近似していると言えなくはないのではないか、生活言語のなかでの潜在的な問題を実感しうる存在の考察には多少なにかは言えるのではないか、と存じます。そして（私のことは措くとしても）近代以降上京者の増加による東京集中のなかで、地方から東京に出た数多の人間、そしてその子供世代以降、自らは東京弁のなかで育つが、母語習得環境のかなりの部分を占める家庭内で、東京以外の両親の出身地域の言葉が話され、それが作家の言語を定位していくということは、アクセントだけでなく語彙、語法の問題としても顕在化してきているはずです。東京弁、それによって書かれ得る文学の言葉のいわば〈クレオール化〉の方向での変化は無視できないでしょう。この観点も鑑みつつ大岡作品をみていきます。

四　大岡文学の関西弁

大岡は関西在住期間が短い作家ですから、関西弁を、東京弁に比べて十分に生活言語としてわかって書いていたとはいえません。例えば、作品に入る前に指摘しておけば、『酸素』（一九五二・一〜五三・七、一九五五・七刊）の藤井雅子は、「創作ノート」で京都出身とされ、実作中でも京阪神の人間だと書かれていますが、彼女は発話においては「好きやから泊めたげたんやから」「話があるんやから」など、理由を示す東京風の「から」を連発します。けれども関西特有とされる「〜さかい」などを用いていません。夙に小林千草氏が指摘するように[6]、実は「さかい」は「上方風」を強調すべく、近世後期に実態以上に上方語の代表のように使われていたといいます。しかし『物類称呼』[7]や『浪花聞書』[8]にみるように、はやく江戸期には確かに関西特有の理由を表す表現として強く認識されている語である、けれども雅子はこれを用いていません。また京都の女性が用いるという、列挙せず単独で用いる「〜し」[9]も用いていません。このことは、これが作中で東京の人間に向かって発話されることで、雅子の設定上の問題なのか。―つまり雅子の東京人への一般的な配慮として共通語に近い言葉を選ばせているということなのか（雅子が外交官の阿蘇夫妻に「関西風のアクセント」ながら「東京の言葉」で話す場面があることからも、考えられないことではありませんが）。あるいは利用しようとしながら距離を保とうとしているところを、関西弁のようながら雅子にはよそよそしい東京弁の使用で表しているということなのか。あるいは大岡にとって関西弁が生活言語でないことの証しなのか。―わかりません。意図という側面で作品を語れない面でもあります。但し一般論として言えようことは、たとえば多和田葉子「ふたくちおとこ」[10]――その上演作品「ティル」。ここでは他者の言葉が「わかる」ことはあり得ないことを示すべく、日本語とドイツ語のバイリンガル以外の観客は通常の言葉の意味もわからないような作劇法を用い、日独両方の言葉をあえて混用し、一九九八年一二月の東京「シアターχ」などで上演しています。真田信治氏も言う「言語か方言かの認定」が「政治的、あるいは社会的なことにも左右される」[11]という観点をも合わせ考えれば、多和田氏の二つの言語で〃わからなさ〃を明示した試みは、関西弁と共通語、標準語の考察にも示唆的です。ただそのように〃わからない〃ことを特に明示するためでなければ、つまり通常の意味は伝えようとするのであれば、たとえ関西弁に通暁していても、近代の全国に広がる読者に伝わりにくくなると判断すれば、当然、「標準語」「共通語」に近く書くと思われます。[12]こうしたことも考えつつ大岡文学の現代小説をみていきます。

1、自伝的作品――〃地〃のことば

まずいわゆる自伝的作品。「母」（一九五一・六）では和歌山出身の母を示すのに、独言に近いストレートな感情の嘆きは「小さい時は、あんなにおとなし子やったのに」と和歌山弁で、「私」を毅然として叱る場合には「今頃までどこへ行って来たんですか」などと東京の学校教育の言葉＝東京弁で、と使い分けを示し家庭生活での言語状況を伝えています。「家」（一九五一・三）では、「「関西」から受けた恩恵」として「少年時から家で両親の和歌山弁を聞いていたため」と消極的理由ながら、後年、京都神戸での言語生活に比較的スムースに入れたことを語り、「わが復員」（一九五〇・八）では、関西出身の「妻と話す時は関西弁」を、友人とは「東京弁」を、と使い分けを語っています。自伝的作品では、関西弁はいわばよそいきの言葉に対する地の、あるいは内輪のことばを表しているといえます。

2、『俘虜記』、『化粧』――屈折した滑稽化／阿諛

次に「私」が「大岡」として登場、明らかに自身の体験に基づいた作品で、代表作でもある『俘虜記』（一九四八・二～五一・一）をみます。『俘虜記』「パロの陽」（原題「レイテの雨」、一九四八・八）―ここでは十六師団すなわち京都の上等兵が登場、「私」の分隊長の非道と滑稽を語ります。「「こらいくら初年子《こ》かてあんなに使うたら可哀そうやないかい。（この上等兵は十六師団の兵士だから京都弁である）」」。かつては分隊の英雄ともみなされた分隊長が、病を怖れ、「私」の友人を見捨てる非道さを示しながら、自らは死に至る病ではないのに今や悲愴な様子をみせるさまが情けなく滑稽なものとして語られていきます。兵士の出身地から、京都弁―関西弁で語られたものであるにせよ、ここでは滑稽化を効果的に示すべく関西弁が用いられているともいえます。ただ大岡自身京都に住み、関西弁を使ってもいる人間ですから、なんの屈託もなく、関西弁は滑稽表現に適している、というような俗説に与して記したとは思えません。それはわざわざ「十六師団」すなわち京都「だから京都弁」関西弁だと明記し、笑いを狙ったものではないと言わぬばかりのところにも屈折したかたちで表れているといえましょう。

ただし大岡には明らかに笑いを含む阿諛の表現として関西弁を使う人物を登場させ、その相手に阿りを見破られている場面をもつ作品があり、大岡において関西弁が、笑いと阿諛の表現に用いられ得ることの意識はあることが

うかがえます。「化粧」（一九五三・二・二〇〜八・一四）です。町工場主であり、江戸川辺りの生まれで関西の人間ではない赤岩が、化粧品会社社長の佐分利に新商売への出資を断られかけ取り縋る場面です。佐分利の「僕は金は出さないよ」に対し赤岩には花菱アチャコによる関西弁の流行語を織り交ぜさせ、「滅茶苦茶でござりまするがな。一体、どないなってまんねん」と言わせています。一方、佐分利には「下手な関西弁使ったって、追っつかないよ。僕は断然、君のところから手を引くことにしたんだ。」と拒否に際して赤岩の笑いを交えた阿りを察知していることを明言させています。赤岩の関西弁は明らかに自らを滑稽化し阿る、という人物像を示しています。

3、〝東京弁〟・〝関西弁〟のせめぎあい――「黒髪」『酸素』――「あなた」と「あんた」

自伝的作品や『俘虜記』に比べ、「黒髪」（一九六一・一〇）やこれに先立つ『酸素』における〝関西弁〟と〝東京弁〟の衝突は、予め申せば、読解にあらたな光を当て得るものだと考えられます。「黒髪」は後述する『酸素』に強い印象を持って登場する藤井雅子とやや経歴に似た部分を持つ、京都に長く住んだ女性を主人公に書かれています。

種島久子は関西では、ちょっと有名な女である。［中略］下京で小さな旅館を経営している叔母を頼って、家出して来たのは、十八の春だった。［中略］彼女は劇団の後援者である或る有名な日本画家の下賀茂の家へ、弟子ともつかず、女中ともつかず住み込んだ。

作中で結婚をすることのない久子が交際した男性のうち、久子が「はじめて」「気の毒だと思った男」柏木に対しては次のような二人称が用いられています。柏木は「彼女のために、京大の講壇を去らねばならなかった」人物です。

「あんたはあたし自身より、むつかしさの方が好きなんやわ」

これは会話部分ですが後の戦時、北京滞在中の柏木に向けての手紙─書き言葉では「あなた」と記します。

「あなたが留守で淋しいけど、毎日鏡の前へ坐って、お昼まで、髪をすいているの。」

この、親しい男性に対して、会話部分で「あんた」、時系列として後の、ややあらたまった書面で「あなた」と使い分けをしている点に注目しておき、『酸素』の場合とともに考えていきます。(13)

なお、久子同様、多くの男性と交渉を持ち自殺未遂もしながら最終的に自殺した女性主人公を描いた作品に、「黒髪」と同年に「黒髪」に先立って単行本を刊行した『花影』（一九五八・八〜五九・八、一九六一・五刊）があります。この『花影』と同年に、主人公が自殺未遂経験をもちながら、尼僧として生き続ける久子を敢えて描いたこと、しかも久子の経歴が、さらに先立つ『酸素』すなわち単行本では「第一部終」と続編の予告をしながら終わった『酸素』の藤井雅子の経歴と近い部分を持つことは、『酸素』における雅子の位置の大きさを今いちど考えさせます。

そこで、『酸素』をみていきます。『酸素』は日中戦争下の一九四〇年四月から六月末までの京阪神地域を舞台とし、「ミモザの会」という関西在住のN大学卒業生の東京人の親睦会─情報交換会のメンバーを主要な登場人物として展開、エンディング近くでは主要人物の一人、もと外交官で観察者のような位置を占めている阿蘇に「今の日本みたいな文化の崩壊期」（第十五章、以下章番号を括弧内数字で表記）と「崩壊」を印象的に語らせていく小説です。

この主要人物たちが集まる会合が「生活の必要から関西へ住んでいる人間が、月に一回東京弁で話し合う機会を持つというのが、会の趣旨」（三）とは、地域の言語を仲間内の言語として用いた閉鎖的で鼻につくサロンの「趣旨」ですが、この会の名前が「ミモザの会」という（フランスにミモザ祭りはあるけれど）歯の浮くような落ち着かないものであることからも、小説が彼等の排他的集団に批判的スタンスをもっており、早晩、破綻を来すであろうことが予想されます。この小説については、すでに論じたこともありますが、(14)実際、一九三八年の水害の跡の残る神戸や、ラストシーンの深い霧に覆われた六甲が印象的に描かれており、「創作ノート（一九五一年～一九五三年）」（一九七四・一二）に記された「酸素第二部」での関西在住の東京人社会の崩壊が自然の崩壊とともに起こるであろうことを十分に予想させる展開になっています。

小説の主要人物は、井上良吉、瀬川頼子、その夫の瀬川敏樹、藤井雅子、さらに西海中尉、といったところです。

良吉は、「二十四」歳の大学出たて、父が財産を失い、両親を亡くし、「転向誓約書に署名し」た「去年検挙された東大グループのメンバー」つまり「もとコミュニスト」で、神戸に来て友人の妹・頼子の夫瀬川が営業部長の日仏酸素株式会社に、瀬川の口利で就職します。（冒頭、運動に未練を残す良吉が林という偽名で「共産党再建の一翼」の同人雑誌『リベット』同人と接触しますが、同人に「鷹揚な態度と東京弁」が「神経にさわった」と感じさせる人物です。）

頼子は、東京の実家から離れ、妻を大事にしているようで浮気にも勤しむ夫と二人暮しの中で、しかし新しい土地での新たな人間関係を築くわけでもなく「天と地の間に釣り下げられたような気持」（三）になることがあり、次第に「自分一人ぽつんと透明な空《から》な中核に控えている」（八）と、地に足の着かない不安定な自分を空想している人物です。

西海は、海軍主計中尉、軍需工場の監督官で、父親が艦政本部におり、「やわらかい東京弁で」（二）話す人物です。

良吉も瀬川も頼子も西海も東京の人間ですが、「ミモザの会」メンバーでは藤井雅子は、関西の人間です。雅子は「一九二〇年代の末大阪で検挙された再建共産党指導者の愛人」で、「釈放」後「京都の或る前衛画家の弟子になり」、のちN大学卒業生で大阪の昆布問屋の息子であった藤井清と結婚、夫が一九三八年に中国で戦死した後も「ミモザの会」会員に止まった、と説明されています。「創作ノート」では「30《（ママ）》歳　一九一〇年生まれ」「京都の旧い宿屋の娘。家出。」と設定されています。関西在住の東京人の会での雅子の特異性は明らかでしょう。

予め申せば、この作品では〝関西弁〟と〝東京弁〟そのせめぎ合いに、作品内容と関わる重要な部分があります。まず頼子の夫との会話部分、呼びかけの二人称です。頼子が夫の瀬川に、雅子宅で開かれる「ミモザの会」への出欠を尋ねる場面。「あなた、今夜出ないっていってたけど、出るの」(二)。また良吉が就職で世話になった瀬川のためにフランス側役員の「諜報活動」の有無を調べるべく働きだしたことに気づき、「夫の共犯者になるのを好まな」い頼子が夫に向かう部分。「あなた、井上さんを悪くしないでくださいね」(十)。ここでも「あなた」を用いています。

――なお「酸素」の『文學界』初出では、頼子が「ミモザの会」出欠を問う部分は、「あんた」と記されていましたが、単行本以下ではすべて「あなた」となっています。これは大岡が、頼子の夫に対する呼びかけの二人称として「あんた」はふさわしくなく、「あなた」が適当だと判断した、と考えて良いと存じます。――が、「あんた」と「あなた」の使い分け、関西ことばを生活言語としていらっしゃる方は十分にご存じと思いますが、〝東京弁〟と〝関西弁〟ということで言うと、ここにそれぞれの話者による大きな意味合い、感覚的な齟齬が生じてきているのがわかります。

先にも提示した『浪花聞書』は、書名からも推察されるように「江戸者」が江戸と上方の言葉を比較して、上方語に注釈を付けた書で、一八一九(文政二)年ころの成立とされている書です。この書の上方語の「あんた」の項に、

○あんた　江戸で云あなたなりあがめいふ言葉之又云我より目上の者をも通して己《コチ》のあんたなどゝいふ

とあり、江戸とちがって「目上」格の人物に「あがめていう」場合も「あんた」を用いる(わざわざ記しているところからも、江戸ではそうではない)と明記されています。

ただしこれは近世の書物です。そこで近代の資料を参照します。大岡昇平は一九〇九年生まれであり、登場人物

中でも雅子が一九一〇年生まれの設定ですが、次の資料は、中井幸比古氏が京都のことばを一九〇〇年—一九一〇年生まれの中京区東山区下京区など京都在住の男女を中心に調べた結果で、次のようにあります。

アナタ　二人称・［中略］京で日常語にあらず。[15]

また一九二五年京都市生まれで京都育ち、先述の堀井令以知氏はこう述べています。

京都語では、関東のように妻が夫にアナタと呼びかけることは不自然な感じがした。

つまり、関西、特に京都に長く生活する人間にとって、妻が夫に「あなた」と呼ぶのは馴染まず、日常的ではない、あるいは不自然だと考えられているということです。しかし頼子には、大岡が単行本以下で頼子の瀬川への呼びかけをすべて「あなた」に統一したように、大岡は、関西では違和感のある「あなた」を用いさせたのです。小説ではこのやりとりに他者は介入しませんが、関西にいながら、「ミモザの会」以外でも東京弁を話す頼子が、例えば雅子のような存在に、あるいは関西の読者に自分は使わない言葉を使用する者としてあるいは違和感をもって受け止められることは確かでしょう。そしてこうした「あんた」でない「あなた」を用い続けるという観点に着目した場合、頼子が関西の社会で「天と地の間に釣り下げられたような」宙づりの感覚をもたざるを得ないと書かれている部分も、ことばの違和の面から、十分に納得できるところだろうと思います。つまり、「あなた」という、いわゆる語彙としての地域語というよりその用法として、京阪神では使わない言葉ではなくても日常語ではない、その使われる場面の状況といった言葉の運用の面で、明らかに東京弁を纏わせて生活していることを、そしてそうした作品内のことばが、さらには後に述べるような「東京弁」を嫌う雅子の存在のリアリティを作品の中でことばによって明示していることになりましょう。それはむろん東京などのことばを話す人間には自明のことではなく読者としても理解しにくいという点ですべての読者に開かれたありかた（そのようなものがあるとしたらですが）とは言えないでしょうし、書き手の大岡がその辺りをどの程度意識していたか、つまり少なくとも東京人の頼子には「あんた」ではなく「あなた」が相応しいと判断したとしても、関西圏での違和感まで意識していたかどうかということです。作者の意識意図はわかりません。しかしとりわけ京阪神の言葉に習熟している読者にはよく理解できるかたちで、〝関西弁〟と〝東京弁〟とのせめぎあいのなかで関西の東京人社会の閉鎖性と違和感が明示されているといえると存じます。

そしてこの小説では東京で生まれ育った頼子が夫に「あなた」と呼びかけるのに対し、親しい男性に向かって「あんた」と呼びかける人物が登場しています。既に夫を亡くしている関西育ちの藤井雅子です。

以下に示すのは、いずれも雅子が関係を持ったかあるいは関係を持とうとしている親しい異性への呼びかけです。ここには瀬川が年長者で、良吉、西海が若い世代だというだけではない使い分けがなされているようです。

まず雅子から瀬川に向けての呼び方です。瀬川が、陸軍とのパイプを強めようと中佐を京都祇園で接待した席には雅子が同席しましたが、その夜、雅子は瀬川と関係をもちます。その折りの瀬川との会話部分です。

「あなたの考えって、岩本さんと組んで日仏酸素を切り廻そいうのと違うの」〔略〕／「あたし、あなたが底の知れないとこがあるから好きなの」〔略〕／「〔略〕あなたはお悧巧やから違うかも知れんけど」（十一）

瀬川へは「あなた」としか呼びかけません。「お悧巧」な人物に対して距離をとったビジネスと割り切っているようでもあります。

次に雅子から良吉への二人称。まず官憲に追われる良吉を「ミモザの会」後、雅子が自宅に匿い関係を持つ場面。

「いまどきまだあんたみたいな人がいるのは、珍しい」〔略〕／「あなたが好きになったから」／／〔略〕「あんたが好きやから」／〔略〕「戸田とかいう詩人は、あんたのことは知らへんし、もひとりの人は、死んだし。」（四）

その後の逢瀬では、「あんたはあたしを利用しよと思て、口説いただけよ。」（十）と「あんた」主体になってきます。つまり良吉に対しては「あなた」「あんた」が混在していますが、後になるほど「あんた」が増えているようです。元ハウスキーパーによる元闘士への、いわば同志愛的な心情—共感もうかがわせます。

しかし最末部近く、霧の中、雅子が、最近良吉が連絡して来ないことを咎めつつ、その後、西海に接近する場面。

「あたしあなたに話があるんやから」［略］／「ほら、やっぱりあの声ね。あなたが気になるのは」（十五）

良吉への親密度、共感、あるいは利用価値等々が、京都の日常語「あんた」とも呼んでいた対称表現から、よそよそしい「あなた」へと変化させていると読み得ます。実際、このあと雅子は良吉から離れ、西海に接近します。

さらに雅子から西海への呼び方です。まず、写真の趣味を持つ西海が雅子の絵のモデルを撮影しようとアトリエを訪れたあと、アプローチしますが、雅子は先述の陸軍中佐接待の予定があり、その場では断ります。その場面。

「あなたは違うらしいわ。ただ今日は日が悪かったのよ。」（十）

当初は「あなた」です。しかしエンディング、良吉に別れた雅子は、西海と霧の中に消えていきます。雅子は西海に向かって、「ミモザの会」に「飽き飽き」だと言い、「ほんとに東京の人て嫌い」「神戸に住んでる東京の人、特に好かんわ。もっともらし東京弁で」と、このラストシーンで「東京弁」「東京の人」への嫌悪を爆発させていきます。この発言は、直接の会話では話されないながら、先に見た頼子の、関西の日常語ではない「あなた」ということばが纏っている東京弁、東京人の空気が描かれていることで、そうした東京人への違和感が作品内に醸成されていると考えれば必然的なものでもあると得心がいきます。そしてここで雅子は、西海の「僕もその東京人」だという応答に対し、

「あんたは別ですわ、軍人さんやから。」［略］／「あんたも理屈いわんと、ついてらっしゃい。」（十五）

と、京都—関西の日常語の「あんた」を用いていきます。「あなた」から「あんた」へ。これは「黒髪」の久子が、会話と書簡の差はあれ、柏木に対し「あんた」から「あなた」へと変化させやがて別れたのと逆順になっています。

つまり雅子が、「艦政本部の僕の親父に用があるんじゃないのか」という西海に対し、「同じこと」だ、と言い放って西海を利用することを、より明白にしているといえます。なお大岡の第二部「プラン」では、西海は瀬川の失脚を押し進め、人物たちの崩壊を押し進め促進する役を担いつつも自らも立場を悪くしていく、いわば利用されていく人間と設定されています。これを視野にいれれば、雅子の発話は、よそよそしい「あなた」ではなく日常語の「あんた」で、いっそう親密感を演出している、とさえ考えられる、したたかな雅子の姿を効果的に表しているエンディングであると考えられます。

五　終わりに

「酸素」を中心に繰り返しますが、もちろん二人称の「あなた」「あんた」の感覚は『浪花聞書』にもあるように、東京弁と関西弁では感覚の違いがあるものですから、東京弁が主体の大岡がある程度わかって書いたのかどうか、少なくとも関西弁使用者以外の言葉を用いる者が、こうした雅子の違和感や使い分けを感じ取り理解し得るかは疑問かもしれません。ただしそれは、小説が言葉が、「わかる」とは、「わからない」とは、どういうことか、も考えさせてくれはします。それでも、小説が人称の使い分け一つで読み解けるものでないことは確かです。しかし、少なくとも関西弁使用者は、あるいは関西弁に注目して読む読者は、雅子の違和感や江戸中期以降基準語となった江戸語を基本とした東京弁を話す東京人への反発と雅子の野望が、さらには閉鎖的な関西の東京人社会の崩壊の予兆が、書かれている内容以上に、表現の関西弁と東京弁のせめぎあいの細部から、感得できるのではないでしょうか。

以上、「黒髪」「酸素」を中心に、二人称を軸に、東京出身者で関西在住経験のある大岡昇平の小説における東京弁と関西弁のせめぎ合いからの一考察を中心とした発表を終わります。―ありがとうございました。

注

（1）真田信治『標準語はいかに成立したか――近代日本語の発展の歴史』（一九九一・一、創拓社）
（2）山口仲美『日本語の歴史』（二〇〇六・五、岩波新書）
（3）堀井令以知『京都語を学ぶ人のために』（二〇〇六・九、世界思想社）
（4）『三四郎』（一九〇八・九・一～一二・二九）。引用は『漱石全集　第五巻』（一九九四・四、岩波書店）に拠る。
（5）安田敏朗『〈国語〉と〈方言〉のあいだ――言語構築の政治学』（一九九九・五、人文書院）
（6）「三馬・一九の「言語意識」では、〈「サカイ」が、上方語の原因・理由表現形式の代表であった〉ものとみられる［中略］この「言語意識」を、現実そのままの反映として認めることはできない」（小林千草「近世上方語におけるサカイとその周辺」、近代語学会編『近代語研究　第五集』（一九七七・三、武蔵野書院）。なお、当該小林論文の存在については彦坂佳宣氏（立命館大学）のご教示による。ただし、参照の仕方や引用等、責任の一切は花崎に存する。）
（7）「畿内近国の助語に。《（ママ）》さかひと云詞有。関東にて。からといふ詞にあたる也」（越谷吾山『物類称呼』（一七七五年）、正宗敦夫編『片言・物類称呼・浪花聞書・丹波通辞』、（一九三一・一〇、日本古典全集刊行会。一九七八・七、現代思潮社覆刻。））
（8）「さかい［中略］江戸で間《カラ》といふに同し」（『浪花聞書』（一八一九年頃）、引用は同注（7）文献）
（9）「～し」「京都弁では唯一の理由を述べる場合にも使用」（山下好孝『関西弁講義』、二〇〇四・二、講談社）
（10）「何か大声でしゃべりながら、ティルが現われた。旅行者たちにはその言葉は理解できない。」（多和田葉子「ふたくちおとこ」、『文藝』一九九七・秋。一九九八・一〇、河出書房新社刊）
（11）真田信治『方言の日本地図　ことばの旅』（二〇〇二・一二、講談社＋α新書）
（12）こうしたことは五十年以上前にも指摘されている。「生え抜きの作家でも、文芸作品である以上読者の理解を考慮して読みやすく修正したり、無意識に標準的に書いたりすることもあるから、現実の方言の方がよほどくずれた形になっている場合が多い。」（U）「文芸作品の関西弁」、『言語生活』一九五四・六）
（13）質疑時間に述べたが、発表後、井上章一氏が京都―関西のアクセントで「あんた」を発語下さり、東京―関東との差異を実感した。広くひらかれた文字作品として語彙・用法―字面でも「あなた」との相違は明らかだが、関西弁アクセントに習熟または注視した場合、「あんた」「あなた」の差異はより明確になる。

(14)　拙稿「諸〈崩壊〉と二つの戦争下――「酸素」」（初出『目白近代文学』5、一九八四・一〇。拙著『大岡昇平研究』（二〇〇三・一〇、双文社出版）所収）

(15)　中井幸比古『京都府方言辞典』（二〇〇二・七、和泉書院）

附記　大岡昇平の文言引用は『大岡昇平全集』全二三巻別巻一（一九九四・一〇〜二〇〇三・八、筑摩書房）に拠った。括弧内年月日は初出発表時である。／は改行。［　］内の注記は花﨑。原則としてルビは省略し、旧字は新字に改めた。

三島由紀夫『絹と明察』論

木谷真紀子

ただいま、ご紹介にあずかりました、同志社大学嘱託講師・木谷真紀子と申します。本日は、「三島由紀夫『絹と明察』論」というテーマで、発表させて頂きます。発表資料は、一頁で始まり四十四頁で終わる小冊子形式となっております。落丁などないか、ご確認下さい。では早速、発表にうつらせて頂きます。

三島由紀夫は、一九二五年に東京で生まれ、一九七〇年に市ヶ谷駐屯地でなくなりました。さかのぼると、父方の祖父は現在の加古川市の出身ですが、両親も東京生まれであり、生涯、東京に住み続けた三島は、関西弁に対して、〈他者〉であり続けたと言えます(1)。

では三島は、関西弁をどのようにとらえていたのでしょうか。『裸体と衣装』（初出タイトル「日記」、「新潮」昭33・4〜34・9）では、

二階の廊下を歩いてゐると、美容室の女の子がきこえよがしの大声で廊下の電話をかけはじめ、世にも闊達な大阪弁で、われわれ夫婦が廊下をとほつてゐること、エレヴェータアの釦を押したこと、を逐一報告してゐる。エレヴェータアのドアがしまる間際に、「今、エレヴェータアに乗りはつたわ」といふ報告の大声をわれわれはきいた。部屋にかへると、ものをたのんでも、掃除に来ても、用もないのに必ず二三人の女の子が組をなして、かたがたわれわれを観察してゆく。ルーム・サーヴィスに妻がクリーム・ソーダをたのみ、私も同じもの

を注文したら、女給仕が、「あら、おんなじもの。あついわねえ」と叫んだのには、おどろき呆れた。森田たま女史が、大阪の町中で横断歩道を横切らうとしたら、袖が引きつつて動けない、気がついてみると、二人の中年婦人が女史のきものの袖を引張つて、品評してゐる最中であつた、といふ随筆を書いてゐるが、かういふのが大阪気質なのであらう。

（「六月九日（月）」『裸体と衣装』30巻124～125頁）

と、新婚の三島夫妻への関心を露骨に示す大阪人、その大阪人の性質を表す大阪弁に抵抗を示しているのが分かります。『絹と明察』の取材旅行中、中村光夫に送った手紙には、(2)

関西へ久々に来てみると、関西弁は全くいただけず、世態人情、すべて関西風は性に合はず、外国へ来たやうです。尤も、小生純粋の江戸ッ子でなく、祖父が播州ですから、同族嫌悪の気味があるのかもしれません。

（「中村光夫宛書簡」昭38・9・2付、38巻734頁）

としています。大津に泊まり、彦根に通ったことから大阪弁ではなく「関西弁」と記していますが、関西人、関西弁などすべてが「性に合は」ないと嫌悪感を示しています。

この『絹と明察』（「群像」昭39・1～10）の主人公は、駒沢善次郎と言う、彦根に自宅を持つ関西弁の話者です。三島は『絹と明察』の後、『豊饒の海』四部作の執筆に入り、同じく関西に取材旅行をします。(3)『春の雪』（「新潮」昭40・9～42・1）の創作ノートには、「老尼（御前）が京都弁で講義する」（14巻657頁）と書かれ、聞いた京ことばが「何もあらへん」「檀家とれへんのですや」（14巻687頁）と、メモされているだけです。『春の雪』には、京ことばを話す〈門跡〉が登場し、『天人五衰』（「新潮」昭45・7～46・1）の末尾は、聡子の京ことばで締めくくられます。聡子が京ことばを使うことで、『春の雪』の門跡の姿と重なり、本当に清顕と恋に落ちた東京生まれの〈聡子〉なのか、と読者も本多と同じように考え、ここまで描かれてきた輪廻転生にも疑問を持つのではないでしょうか。つまり使う言葉が、登場人物のアイデンティティーを示すだけではなく、作品自体に大きな役割を担っているのです。

『絹と明察』の主人公・駒沢善次郎については、山本健吉氏が、「独白にさえも使われる彼の関西弁が、その人間性の象徴となる」(4)とし、田中美代子氏は先の三島の中村光夫宛の書簡を引用したうえで、「あのぬめぬめした関西弁の効果を最大限に引き出して、駒沢善次郎の彫像を、さらにその妻房江を、いやらしいほど魅惑的に、ヴィヴィッドに描き出した」(5)としたように、駒沢の人間性を示す存在としての関西弁が高く評価されています。では、この『絹と明察』、また主人公である関西弁話者・駒沢善次郎を、関西弁他者で有り続けた三島がどのように描いたか、見て参りたいと思います。

『絹と明察』は、昭和三十九年一月から十月まで「群像」に連載され、同年十月に単行本として出版されました。本作は、昭和二十九年に起きた近江絹糸の労働争議、またその近江絹糸の社長である夏川嘉久次をモデルにしています。梗概を簡単に述べます。駒沢紡績社長・駒沢善次郎は自らを〈父〉とし、従業員を〈子〉する家族主義的経営で、近代的経営の他社を圧倒するまでに会社を成長させていました。これを快く思わない桜紡績社長・村川は政財界の黒幕・岡野を使って、駒沢紡績に労働争議を起こさせます。従業員の要求が人権的内容に終始していたことから、ジャーナリズムや世論も組合側に好意的で、三ヶ月の争議の結果、会社側が敗北します。駒沢は争議後間もなく脳血栓で倒れ、すべての敵を許して亡くなります。岡野は若い頃からハイデッガーに傾倒し、ヘルダアリンの詩を愛好する人物でした。彼は生前の駒沢を「笑ふべき遠い人格」と軽蔑していましたが、その死後、駒沢の存在が彼自身や風景にまでしみ込んでいくのを感じるのでした。

発表当時から、磯田光一氏が「本年度におけるすぐれた収穫の一つであるだけでなく、現代小説の秀作の一つに数えることができるだろう」(6)、高橋和巳氏が「駒沢善次郎なるまったく日本的な資本家の肖像と運命をここまで描きあげたことだけでも、この作品は、近年の収穫に数えられてしかるべきもの」(7)としたように、一つの時代の代表作品として評価され、昭和三十九年度の毎日芸術賞を受賞しています。(8) この同時代の好評に比べ、三島由紀夫の作品の中では、決して先行研究が多い存在ではありませんでした。(9)

三島自身は、執筆中の書簡に「目下、『群像』に連載中の『絹と明察』といふ小説に全力を傾注してゐます」（「西久保三夫宛書簡」昭39・5・23付、38巻754頁）「ゴッタ返しの中で、群像の連載小説の『絹と明察』は、一生けんめい書いてゐます」（「ドナルド・キーン宛書簡」昭39・5・27付、38巻402頁）と記しています。連載終了後には、「書きたかったのは日本及び日本人というものと、父親の問題」とし、「この数年」「すべて父親というテーマ」の作品を書いてきた三島にとって「最近五、六年の総決算をなす作品」(10) と位置づけています。三島入魂の作品であり、その出来についても、自信を抱いていることがお分かり頂けると思います。

『絹と明察』がモデルとした近江絹糸の労働争議は、昭和二十九年六月三日から九月十六日まで、百六日間にわたって起こりました。自殺者三名、自殺未遂者三名、発狂者九名、乱闘による負傷者四百数十名。また支援に立ち上がった全繊（十大紡の組合）傘下の労働者六万名、外部からの応援カンパ千三百万円あまり、全繊使用の争議資金約三億という大規模な争議でした。(11) この争議を三島がどのように作品化したかについて、三島の旧蔵書の閲覧許可を得た島内景二氏は、

①高宮太平『夏川嘉久次と紡績事業』（ダイヤモンド社・昭和三十四《ママ》年）。
②青年法律家協会・宮島尚史『人権争議』（法律文化社・昭和三十年）。
③ダイヤモンド産業全書・第7巻『紡績』（ダイヤモンド社・昭和三十六年）。
④近代商品読本・第6巻・水野良象『新訂　綿・羊毛・絹　読本』
（春秋社・昭和三十二年第一版・昭和三十五年新訂第一版）。

という四冊を挙げ、三島が、①と②を「粉本」にして『絹と明察』を書いたとし、他にも

⑤嶋津千利世『女子労働者—戦後の紡績工場』（岩波新書）（岩波書店・昭和二十八年）。
⑥政治経済研究所編『日本の繊維産業』（産業シリーズ）（東洋経済新聞社・昭和三十七年）。
⑦繊維研究会編『繊維小辞典』（岡崎書店・昭和二十七年）。
⑧細井和喜蔵『女工哀史』（岩波文庫）（岩波書店・昭和三十七年）。
⑨横井雄一『紡績—日本の綿業』（岩波新書）（岩波書店・昭和三十七年）。

が『定本三島由紀夫書誌』の「蔵書目録」に見られるとしています。[12] これら三島の紡績関係の蔵書は、傍線にありますように、争議終結はもちろんのこと、昭和三十四年に夏川氏が亡くなって以降の書籍が中心です。

では争議中はどのような報道がなされたか、昭和二十九年の「朝日新聞」見出しを確認したいと思います。勃発から終結まで、ほぼ毎日記事が掲載され、社説や特集記事にも多く扱われました。「近江絹糸スト現地に見る〝人間らしい自由を〟」（6・11・夕）「きっと勝ってみせます　都民へ〝人権闘争〟の訴え　近江絹糸の女子工員」（6・19・朝）「法務省人権擁護局告発か　近江絹糸富士宮も調査　労働省などへ陳情　上京の女子工員さんたち」（6・19・夕）「人権侵害7項目認む　弁護士連合人権擁護委　近江絹糸彦根工場を視察」（7・3・夕）「近江絹糸人権闘争1ヶ月」（7・9・夕）などの見出しから、〈労働争議〉ではなく、〈人権闘争〉として報道されたことがお分かり頂けると思います。

雑誌などの報道については、杉本和弘氏が「近江絹糸労働争議関係文献目録稿」[13]で明らかにされていますが、主に女工哀史、人権侵害、さらに社長・夏川嘉久次氏が異常であるという三つの視点から報道されていました。

〈女工哀史〉系では「私たちはガムではない—近江絹糸女工さん涙の手記集—」（「サンデー毎日」昭29・9・12）、「女工哀史はまだ多い」（「婦人朝日」昭29・8）、「『女工哀史』の街を行く」（「葦」昭29・8）「生きていた女工哀史」（「婦人倶楽部」昭29・8）、次に〈人権侵害〉系では「あきれた人権スト」（「サンデー毎日」昭29・6・20）、「人権はじゅうりんされたか」（「週刊読売」昭29・6・27）、「現代の人権」（「改造」昭29・8）、最後に〈夏川異常〉系では、「いきている山椒太夫」（「週刊サンケイ」昭29・7・4）、「夏川社長の笑い」（「週刊サンケイ」昭29・7・11）、「夏川王国へ死の抗議」（「週刊サンケイ」昭29・7・18）、「暴走社長殿ひとり笑う」（「サンデー毎日」昭29・8・1）、「勇敢なるドン・キホーテ」（「週刊サンケイ」昭29・8・8）、「夏川〝人犬〟騒動記」（「サンデー毎日」昭29・8・29）などの見出しが見られます。明治時代と変わらず搾取される女工VS異常な人格破綻者・社長夏川という構図のもとに、当時の報道がなされたのがお分かり頂けると思います。これら報道について、雑誌「知性」は、

この事件に読者を集中させることによって、もっと重大な人権問題を背後に隠すことに役だったということである。つまりそれは、一個の安全弁としての作用をしたのである。例えば、原水爆の問題、MSA、再軍備の動きはもっと大きな意味で、国民全体の人権を圧迫し、ファシズムによる暗い谷間にわれわれをふたたび追いやるということを、忘れてしまうのである。[14]

と他の事件の隠れ蓑にするために、偏った報道をしたと争議の最中に指摘しています。また夏川氏の死後の週刊誌では、読売新聞の記者が「関西進出をはかっていた時なので、『人権スト』というセンセイショナルな扱いをした」[15]と証言したとされています。先の「知性」昭和二十九年九月号には、三島の「芸術時評」という、歌舞伎に関する評論も掲載されていますが、このような報道に接した三島は、島内氏が指摘した書籍以外に、どのような記事を参考にしたのでしょうか。本文と共通項が見られる記事を挙げていきたいと思います。

夏川嘉久次「人我を『民衆の敵』と言ふ」[16]からは、ヨーロッパの花畑を見て、女工に芝生の苗を送ったエピソード、夏川嘉久次「日本一にくまれ者というけれど」では、アメリカの最新技術を取り入れたことに対して、夏川氏自身が「これは私がワンマンだからできたことですが、このことが業界から反感を受ける原因にもなったと思います」[17]と表現しているのと同じ語が、村川の立場から、「大会社は、こんなワン・マン経営の工場とちがつて、抱

へた老朽設備を俄かに廃棄もできず、新式機械にすぐとびつこともできなかつた」と書かれています。『絹と明察』と一番共通点が多いのは、夏川氏の死後、「週刊文春」に掲載された「近江絹糸『社長哀史』夏川嘉久次の孤独な死」です。記事の中では、夏川氏が作り、工員の学習意欲を悪用し過酷な労働をごまかした、と批判された近江高校について言及されています。

門を入るとすぐ右手に創立者の像の土台が建っているが、肝心の銅像がその上にない。同窓生が募金してつくったものであるそうだが、夏川氏は『おれの眼の黒いうちはけっして飾ってくれるな』と厳命したとかで、今は校長室においてある。(18)

と、夏川氏の銅像が、校長室にあることが書かれています。『絹と明察』を読まれた方は、社長や工場長が使う駒沢紡績の応接間に駒沢のブロンズの胸像があり、争議勃発時、大槻が、この胸像と対話したことをご記憶だと思います。一部の人間しか入らない、言わば閉ざされた空間に安置された像という共通点は、この記事と本文の共通点で、最も興味深いと感じています。もちろん、三島が現地における取材で知った内容かも知れませんが、この記事が掲載された、同じ「週刊文春」昭和三十四年四月二十七日号に、三島のエッセイ「映画見るべからず」が掲載されていることもあわせて申し上げたいと思います。

以上、本文との共通点が見られるのは、様々な記事の中でも、主に夏川氏の発言、手記など、〈夏川〉自身から発信されたものです。先述したように、三島は連載終了後、

この数年の作品は、すべて父親というテーマ、つまり男性的権威の一番支配的なものであり、いつも息子から攻撃をうけ、滅びてゆくものを描こうとしたものです。『喜びの琴』も『剣』も、『午後の曳航』もそうだった。

こうして父親を追求しているうちに、企業の中の父親、家父長的な経営者にぶつかりました。この意味で、

これは、ぼくにとって、最近五、六年の総決算をなす作品です。[19]

としましたが、毎日芸術賞の「受賞者のあいさつ」でも、こう述べています。

私は従来から社会に受け入れられぬ思想や人間に関心を抱き、これを追求してきた。本篇の主人公駒沢善次郎も、〝民衆の敵〟として社会の排撃を受けている。この旧来の道徳観念に凝り固まった不思議な人間のドラマが描きたかった。[20]

労働争議時には「民衆の敵」[21]でしかなかった夏川氏ですが、三島が描きたい人物こそ、この夏川氏でした。三島は、夏川氏から発信された言葉を作品に織り込むことで、氏の人物像を丹念に描いたと指摘できるのではないでしょうか。

これをふまえて、三島が造型した駒沢善次郎について見て参ります。容姿については、「頭も半ば禿げ、血色のよい」「平凡な中年の商人タイプ」とされています。「事業は涙や、岡野はん」と言い、自分の会社について「尤もわしの工場はむづかしいことは何もないんや。使うてる者を我子と思ひ、むかうもわしを親と思うてくれとる。こんな人情味のある会社はどこにもない」とし、その会社を「なんぼ大きいしたかつて、そこに生きたつながり、心、いのちがなうなつてしまつたら、そら屍骸や」と、企業経営者というよりは、正しく「商人」のような家族主義思想を持っていることが繰り返し示されます。

また浮御堂で鉦を叩く老婆を通し、民衆を「感恩報謝の気持を忘れん者」と定義しています。これは争議中、夏川氏が「民衆の敵」[22]とされたことについての回答とも言え、岡野や村川との〈民衆観〉の違いを鮮明にしています。

駒沢の思想について岡野は、

あの言説が韜晦でないとすれば、彼くらゐ幸福な人間はなからう。駒沢にあつては、思想と金儲けがみごとに一致してゐる。その思想がどんなに浪花節調で月並みであらうと、それは彼の身についたものであり、その金儲けが日本の産業の帰趨にかかはるほどのものでないにはしても、なほ羨むに足る成功である。としています。浪花節精神で、成功も得ているという点で、駒沢の関西弁には、その思想や経営法、成功、つまり人生そのものが現れていると言えるでしょう。

喉頭結核で、宇多野の療養所に入院している駒沢の妻・房江も関西弁を話します。近江絹糸の夏川社長の妻は争議勃発前に子宮癌で亡くなっており、(23)三島が、房江の病気として「喉頭結核」を選択したと考えられます。房江は、「ひびわれた嗄《かす》れ声」で、「鼠花火が走りまはるやう」に笑います。女工の労働過度を原因とする結核の中でも、喉頭結核は肺にある結核菌がのどについて発生する病気です。(24)房江は自分の病気を以下のように考えています。

うちの工場で、胸を悪くして、国へかへつて、若死しやはつた女工はんは数知れずをつたさかい、今あてが、一身に同じ病を享《う》けて、罪亡ぼしをしとるのんや。そないな娘たちの怨《うら》みを、一身にさづかうてるのが、あての役目や。いはばあての宿業や。ここの宇多野のベッドの上で、身動きもできんやうになつてゐても、あてはあてなりに、一心不乱に会社のために働いて、会社の厄を除けてるんや、さう思うてます。

村川の妻は決して結核ではないでしょう。つまり、喉頭結核は、房江が女工なみに働いたこと、それほどまでに苦労して、夫婦一代で駒沢紡績を十大紡と肩を並べる企業に急成長させたことの証明です。さらにその病気が「社長夫人」としての宿業で、亡くなった女工たちの怨みを負い、罪亡ぼしをするためのものと考えると、病が作った房江の声も、その人生の縮図であるのです。

一方工員たちは、関西弁を使いません。本文では「南九州から来た大槻と、東北から来た弘子といふ風に、それぞれ出身地のちがふ駒沢紡績の工員のあひだでは、駒沢紡績語ともいふべき、ほとんど標準語にちかい共通語が生れてゐた」とされています。実際の近江絹糸にも、関西出身者はほとんどいませんでしたが、(25)駒沢紡績語は、駒沢紡績という共同体が生み出した新しい言語です。しかし、その共同体の長である駒沢は違う〈言語〉、つまり関西弁を話します。関西弁話者である駒沢と、駒沢紡績語話者である工員達で言語が異なることは、駒沢と従業員の乖離を示しているのではないでしょうか。さらに、秋山に「歯の洞に空気を通して、蛇の威嚇のやうな音を立てる」癖があり「準備は？　しーっ。できたかね。しーっ」というなど、『絹と明察』の登場人物は、ことばや話し方、声などに特徴があります。つまり三島は、文字には現れない〈音〉、〈話し言葉〉の世界を作品に盛り込み、それによって、登場人物の思想、人生、関係性、また個性を示したと言えるでしょう。

　次は、作品内で、いつ何が起こったかを示しています。傍線部はいずれも土地の名前です。

昭20　京大に入った年、息子・善雄がフィリピンで戦死。
　8・15　息子に作った千人針を焼く。房江の永きにわたる咳の始まり。
昭23　房江、喉頭結核になり、宇多野療養所に。
昭27秋　政府が綿糸生産に対する操短の勧告、新規設備の確認打ち切り。岡野は二ヶ月前に村川に情報を持ちこみ、恩を売り、紡績産業に興味を持つ。
昭28夏　大槻、組合改革の動きを知り、執行委員に立候補しようとするが、その芽を刈り取られる。十一人の同志を得、弘子に出会う。
　9・1　始まりである近江八景招待日の「二百十日」。駒沢の「人生の絶頂」の接待と、集団圧死事件。
　9　（関西の旅から帰った翌日）銀座で菊乃に会う。関西の旅、駒沢紡績での就職について話す。
　10　駒沢、新橋に遊びに来る。
　10・13ぐらい　菊乃、京都で一泊した後、彦根へ行く。駒沢宅へ。
　10・20前　菊乃、駒沢紡績の寮母となって七日め。「事故から、もうすぐ四十九日」で、亡くなった工員のアルバムが完成する。

11・23前後　勤めて一ヶ月後、菊乃、駒沢を訪ねる。
（秋）　大槻と弘子、彦根城で結ばれる。
11月末　岡野、彦根へ行き、菊乃と会う。八景亭にて駒沢に大槻と弘子を会わせる。
数日後、弘子が絹紡工場、大槻が専門深夜番に異動。
昭29・1・4　駒沢、宇多野へ年に一回の房江の見舞い。
4　春の花のさかり。弘子、宇多野療養所に入院。岡野、正木を訪ねる。五月中に「望みのことが起こる」との神託。大槻、匿名（実は岡野から）の手紙を受け取る。
5　菊乃、大槻を芹川堤に誘う。
6・4　（現地時間）、村川、NYで駒沢に会う。
6・6　スト勃発。駒沢、村川の甥の家に招待される。
6・11　駒沢、帰国。その夜、二子玉川の蓬亭で駒沢と菊乃が結ばれる。
6・12　駒沢、取引先の銀行に挨拶回り。
6・13　駒沢、彦根へ。工員に殴られた後、彦根城へ。
6・18　村川、帰国。同じ頃、弘子、初めて療養所で房江に会う。岡野、京都で秋山と密会。ストについて村川に報告する。
7・7　七夕の笹飾りで力を得た房江、駒沢紡績が単発の飛行機からまいたビラを受け取る。
7月末　梅雨が明ける（?）
房江と弘子に経済的な結びつき。ひときわ暑い日、弘子の同僚が宇多野へ。
8　岡野、新橋・森むらで秋山を接待。

　　　　　　弘子、房江からの手紙を持って、彦根に帰る。手紙を駒沢に渡し、大槻に会う。
　昭29・9・3　駒沢と大槻、彦根警察署で会談する。
　　10　駒沢が中労委の斡旋案を受け入れる。
　　10・9　大槻と弘子、結婚。新婚旅行へ。
　　10・10　大槻と弘子、石山寺を見学。駒沢が倒れる。
　　10・12（13）　岡野、京大病院に入院する駒沢を見舞う。
　　　　　　岡野の二度目の見舞い。弘子も見舞い、駒沢は、「無駄やなかつた」と「至高の瞬間」に。
　　10・27　駒沢、死亡。

資料では、私自身が現地を取材して明らかにした作品舞台の〈実際〉の様子と比較し、三島がどのように作品に著したか細かく分析していますが、その中から、浮御堂で鉦を叩く老婆「おつねさん」について述べます。

　御堂の裡《うち》、賽銭箱の横に、一人の老婆が、無表情に鉦を叩き鳴らしてゐた。しかし間拍子は正しく、余韻は長く、湖の微風にそよぐ沢山の蠟燭の焔に照らされて、老婆の皺だらけの顔は、真昼の幻のやうに浮んだ。今ここに群がる人たちの中で、一向権威に対して恭しい態度をとらないのは、この老婆一人であつた。

権威に対して恭しい態度をとらない彼女は、駒沢に以下のように批判されます。

　この婆さんは変り者でな、につこりともしよらん。もとはといふと、息子が戦死してから身寄りがない哀れな身の上を、わしが救うてやつて、ここの住職にたのんで、雇うてもらつたのやから、もうちよつとわしにも愛想を見せてもええのやが、この通り、仏頂面をして、挨拶もろくにしよらん。

先述したように、この老婆は、夏川の「民衆」観とその誤認を示す重要な役割です。

現在の浮御堂の住職のお母様で、三島が浮御堂を訪れた際の住職のお嬢さんである荒井秀氏によると、この老婆

西の窓の光景

のモデルは〈セキさん〉といい、「おつねさん」同様、どれほど偉い人が来ても毅然とした態度を崩さない人であったそうです。実際、お子さんの中のお一人を戦争でなくしておられるそうですが、荒井氏は、「セキさんを知る人が『絹と明察』を読んだらすぐ『これはセキさんだ』と思うほど、よく特徴を摑んでいる」とおっしゃっていました。三島の人を見る目に感心されたそうです。[26]

次に「中ノ島に数人の人がゐて、一人が大きな旗を振り、のこりがしきりに手招きをしながら、大童になつて汀を駆け廻つてゐるのが、西日の長い人影のめまぐるしい動きと共に目にとまつた」とありますように、駒沢紡績で起きた事故は、瀬田の中ノ島で知らされました。私も〈瀬田川リバークルーズ〉で船上から中ノ島を見ましたが、中ノ島に船が停泊することはありませんでした。実際、現在、中ノ島にあるアーブ滋賀には、橋から行きます。観光船が接岸した記録も見受けられなかったので、歴史文化博物館の和田学芸員に伺うと「百五十石ならあり得るが、中ノ島には百五十トンの船を停泊できる水深はない[27]」と言うことでした。視界の中心にある中ノ島で異常を知らせ、旗を振らせるという印象的な場面を三島が作り出したと言えるでしょう。

三章では岡野が彦根を訪れますが、駅から歩いて目に入るものが、彦根城まで、城の敷地内、また天守閣の中でも同じように順番に正確に書かれていることを、私が撮影した写真で示しています。本文では天守閣の「西の窓」から「駒沢紡績の煙突が煙をあげてゐる」とされていますが、「西の窓の光景」とした写真の煙突が、近江絹糸の工場のものです。これは私が平成十四年に撮影したもので、十七年にこの工場は壊され、今は巨大スーパーになっていますが、三島が訪れた昭和三十八年当時は事実そのままであり、『絹と明察』の文庫本を片手に彦根を観光できるぐらい、詳細に正確に描写されています。

次に駒沢が大槻や弘子と対面するのは「八景亭」です。八景亭は玄宮園にある料亭ですが、県の史跡に認定されているのは、あくまでも〈玄宮園〉です。[28] 三島は玄宮園ではなく「八景亭」と書き、その八景亭に「近江八景の微細画がはめ込まれてゐた」としました。八景亭という名を繰り返し出し、近江八景を全面に書いたのは、駒沢の〈ハレ〉の日だった作品の初めの〈近江八景めぐり〉を読者に想起させるためではないでしょうか。

さらにこの八景亭の印象的な場面は、池中の彦根城です。私が玄宮園を訪れた際に、彦根城が池にうつることはないと思い、其の後、実際に八景亭に行き、水面を見、八景亭の経営者・竹中氏にも伺いましたが、[29] 池中に彦根城がうつることはないということでした。写真からもお分かり頂けると思います。

八景亭の部屋から見る玄宮園の池

> 八景亭の或る部屋からは、午後になつてすこしづつ殖えてきた雲と共に、池心深く、天守閣がその白い投影を、じつと凝らしてゐるのを見ることができた。（略）
>
> 岡野は八景亭の自分の部屋へ、駒沢がやつて来たときのことをよく憶えてゐる。彼が丁度、池中の天守閣の姿に見とれてゐて、そのときたまたま、鯉が来て、天守閣の影を擾《かきみだ》したのだ。

とされる彦根城は三島の創作であり、この先の駒沢や、ストが起こる駒沢紡績の運命を擾される彦根城で暗示したと考えられるでしょう。

また、「大槻たちは秘密の会合の場所に、木村重成の首塚があるので名高い、上魚屋町の仏光寺を使ってゐた」とありますが、首塚があるのは、〈宗安寺〉です。島内景二氏は、「この寺の住職が労働組合から金を貰って秘密の組合活動に場所を提供したという設定なので、寺を架空のものにしたのだろう」[30]としていますが、宗安寺の寺務所の澤田氏を通し、スト当時に寺の随身であり彦根東高校の生徒だった澤田氏のお父様に伺ったところ、近江絹糸の工員のためにカンパしたことなど、ストについてよくご記憶でした。[31]しかし、宗安寺が会合に使われたことや、三島が取材に訪れたことは御存知ないということでした。

これは、三島が名を変えて記したことよりも、「木村重成の首塚がある」と表現したことに注目したいと思います。なぜなら木村重成は、挿話も多く、豊臣家の忠臣の代表として、教科書にも掲載され、[32]昭和二年には「木村長門守」という映画にもなり、当時の帝国キネマのドル箱スター・市川百々之助が主演していたからです。[33]大坂夏の陣で最後まで奮戦した忠臣の首塚のある寺で〈スト〉の会合が開かれるというアイロニーを三島は描いたのではないでしょうか。次の写真では近江絹糸の寮があったところから、宗安寺までの道が正確に記されていることを写真で指摘しています。

また、大槻と弘子が新婚旅行で訪れた石山寺の月見亭は、「崖にかかる月見亭へ来たときに、二人は戸障子一つないその簡素な東屋から、見はるかす広大な眺めを喜んだ。この帝王の月見の場所は、のびやかな展望を遮るものとてなく」と描写されていますが、現在は、湖面を見下ろす部分まで立ち入ることはできません。三島の時代は、と調べますと、三島が訪れた昭和三十八年八月二十六日の新聞で「改築成って観光客待つばかりの石山寺月見亭」[34]と報道されているのを発見しました。三島は、改築直後の美しい月見亭を訪れ、その眺望を楽しんだのかもしれません。他にも申し上げたいことがたくさんありますが、時間がないので、一気に四十二頁までとびたいと思います。

このように三島は、彦根を舞台としてストを描くために、取材し、丹念にその風景を描き、創作したのですが、実際のストは、富士宮、津、大垣、中津川、大阪、彦根と全国各地の近江絹糸の工場で起こりました。[35]彦根工場に限定した理由について、島内景二氏は、彦根は琵琶湖に面する湖畔の都市である。「湖＝海」への憧れは、三島文学の根幹にある。ヘルダーリンの詩の世界ともつながる。

そして、江戸幕府の中枢で活躍した井伊家の居城・彦根城の天守閣が街を見下ろしている。（略）駒沢紡績に君臨した駒沢善次郎も、若き大槻の前に惨敗し、踞る。

駒沢は、さしずめ桜田門外の変で暗殺された井伊直弼のような立場にある。水戸浪士たちが、争議に参加した労働者というところか。[36]

とされていますが、三島が取材に訪れた昭和三十八年の彦根について振り返る必要があるでしょう。当時の彦根は、彦根市の歴史に残る年でした。それは、同じ年に彦根を舞台にし、井伊直弼を主人公にした大河ドラマ「花の生涯」が放映されていたからです。[37]「花の生涯」は、舟橋聖一が昭和二十九年に「毎日新聞」に連載したベストセラー『花の生涯』[38]を原作としています。「〝花の生涯ブーム〟彦根」[39]「ブームにわく彦根〝花の生涯〟訪ね入山者続々」[40]と記事にありますように、観光客が多く訪れました。三十七年には四十三万人[41]だった観光客が、三十八年には九十六万人、[42]三十九年には百二十二万人[43]にまでのぼっています。当時の大河ドラマは四月からで、ブームは翌年まで続きました。同じ年、舟橋は彦根市の名誉市民第一号になっています。この「花の生涯」について、彦根市役所が編纂した『彦根市史』は、「大老を違勅の罪人からわが国の功績者として戦後大老の評価転換に導いた功績はきわめて大きかった」[44]とまとめています。つまり、舟橋の『花の生涯』によって、教科書で「国賊」とまでされた井伊直弼像が、変化したのです。

まとめにはいります。昭和三十三年に結婚し、三十四年に父親になった三島は、父親をテーマにした作品を書くようになりました。同じ年、ストで悪名高い近江絹糸の元社長夏川嘉久次氏が死去します。三島の随筆が掲載された同じ号の週刊誌には、夏川氏を擁護したとも言える記事がありました。三島は、それらの記事から改めて夏川氏に触れ、企業における父親像をテーマとする一方、世間から受け入れられない思想の持ち主としての夏川氏にも注目し、三十五年ぐらいから資料を収集します。

その夏川氏の自宅は彦根であり、本社は大阪でした。当時の彦根は、「花の生涯」ブームに湧いていましたが、舟橋聖一が『花の生涯』で行ったのは、井伊直弼や、桜田門外の変という歴史に対する思考と評価の改変でした。三島は、ブームが起こっていた話題の土地である彦根を自然な形で舞台として設定し、彦根城を描き、「浪花節」つまり関西弁の主人公駒沢善次郎を登場させます。そのことばで人間性や人生、また従業員との関係性まで表現しました。『絹と明察』に描かれた駒沢は、それまでの夏川氏や近江絹糸の争議についての人々の考え方を変えるものであったと言えるのではないでしょうか。

三島は、この『絹と明察』において、駒沢の関西弁、また登場人物のことば、声で、その人間性や思想を表現し、小説における〈音の世界〉を構築しました。また文学を通して、夏川氏という人物、事件に対する人々の見方を変えることにも挑戦した、として本発表を終わりたいと思います。ご静聴、有難うございました。

注

（1）三島の家族は、祖父・定太郎が兵庫県印南郡志方村（現・加古川市）生まれ。神戸師範学校で学んだあとに上京。祖母・夏子は大審院判事・永井岩之丞とたかの長女として生まれる。結婚まで、有栖川宮熾仁の屋敷で行儀見習。父・梓は祖父が内務省文書課兼記録課勤務中、東京で生まれる。母・倭文重は開成中学校校長・橋健三とトミの次女として生まれる。健三は加賀藩学問所壮猶館教授・橋健堂の門下生となり、養子に入って結婚。廃藩後に上京、倭文重は小石川生まれ。

（2）三島は、『絹と明察』の取材旅行で、昭和三十八年八月三十日から九月六日まで、関西を訪れている。（松本徹「昭和三八年」『年表作家読本　三島由紀夫』平2・4・25、河出書房新社。152頁）

（3）昭和四十年十一月十八日に、奈良の円照寺を訪れている。（42巻277頁）
（4）山本健吉「『現代の英雄』を描く　一人物の情念の悲劇を浮きぼりに」（「週刊読書人」553、昭39・11・30）
（5）田中美代子「小説の創り方10　聖家族の逆襲」（『決定版三島由紀夫全集　第14巻　月報』平13・9・10、新潮社）
（6）磯田光一「父家長倫理の挫折　三島・大江氏の長編小説」（「図書新聞」昭39・9・26）
（7）高橋和巳「描破された資本家像　近江絹糸争議を〝借景〟にした劇」（「日本読書新聞」昭39・11・16）
（8）毎日芸術賞は昭和四十年一月一日に発表された。
（9）先行研究として管見に入ったのは、文中に引用した杉本和弘氏、島内景二氏の論文のほか、竹松良明氏「『絹と明察』論―天皇制にかかわる形象化をめぐって―」（松本徹、佐藤秀明、井上隆史編『三島由紀夫論集1　三島由紀夫の時代』平13・3・30、勉誠出版）、猪木武徳「文学者の見た近代日本の経済と社会―三島由紀夫『絹と明察』」（「書斎の窓」504、平13・5）など、十二本であった。
（10）無署名「著者と一時間」（「朝日新聞」昭39・11・23、朝刊）
（11）青年法律家協会・宮島尚史『人権争議―近江絹糸労働者のたたかい―』（昭30・10・15、法律文化社）77頁。
（12）島内景二「『絹と明察』の光と闇を明察する―新出の三島由紀夫旧蔵書を手がかりとして―」（「電気通信大学紀要」18―1・2、平18・1）
（13）杉本和弘「『絹と明察』の中『日本』」（「中部大学国際関係学部紀要」12、平6・3）
（14）社会心理学研究所「マスコミュニケーションの動き―近江絹糸問題をめぐって―」（「知性」1―2、昭29・9）
（15）無署名「近江絹糸『社長哀史』夏川嘉久次の孤独な死」（「週刊文春」1―2、昭34・4・27）
（16）夏川嘉久次「人我を『民衆の敵』と言ふ―天下を衝動させた問題の人物の主張と反省―」（「文芸春秋」16―8、昭29・8）
（17）夏川嘉久次「日本一にくまれ者というけれど」（「日本」1―1、昭33・1）
（18）注（17）に同じ。以下、本文中に挙げた以外の共通点を二点挙げる。まず駒沢の自宅について。「江戸町にある氏の家を見ても、五間ほどの小ぢんまりした家だ」「あの人の資産は会社の一八〇万株の他は江戸町の家くらいのものでしょう。東京の家だって、社の所有で社員寮兼用です」とされているが、本文では「私有財産は、彦根の親ゆづりの小つちやい家と、会社の株式だけで、あとは全部会社名義になつてます」「どんな大邸宅かと想像された駒沢の家は、江戸町のバス道路に面した町屋風の目立たぬ古い邸で、門塀もなく、玄関も内玄関も磨硝子の引戸で歩道に接し」と書かれてある。夏川氏の自宅が江戸町にあることを明記した記事は、管見に入ったものの中では、本記事のみであった。

また、「タバコは全然のまず、酒はほとんどやらない」「芸者からは、女に興味のない『よい方』といわれながら、内心カチンコの無粋な人物と軽蔑されていたらしい」とあるが、『絹と明察』では元・芸者の菊乃から見た駒沢が「いくら遊んでも遊び馴れない人物といふのがゐるもので、初対面の瞬間から、菊乃は駒沢がさういふ人種に属することを見抜いた。」と描写されている。芸者に「遊び慣れない」と評されている共通点も興味深い。

(19) 注(10)に同じ。
(20) 三島由紀夫「栄えの毎日芸術賞　受賞者のあいさつ」(「毎日新聞」昭40・1・29、朝刊)
(21) 注(16)に同じ。
(22) 注(16)に同じ。
(23) 高宮太平『夏川嘉久次と紡績事業』(昭35・2・10、ダイヤモンド社)115頁。
(24) 平野恒「喉頭結核とのどの症状」(大渡順二編『結核の百科』昭29・2・10、保健同人社)278頁。他に、佐倉啄二著『製糸女工虐待史』昭2・3・18、解放社。復刻版、昭56・8・20、信濃毎日新聞社)なども参考にした。
(25) 注(11)『労働争議』では「人事課に所属する駐在員が岩手、宮城、秋田、福島、長野、新潟、鹿児島、山形、山梨の九県におかれている」(26頁)とされ、注(23)『夏川嘉久次と紡績事業』でも、「近江絹糸の女工は、(略)北は北海道、東北から、南は九州、沖縄に及んでいた」「近郷近在の者は、特に希望して来る者の外は、積極的には募集しなかった」「遠い所から来た者のように落ち着けない風習があるからだ」(87頁)と記されている。
(26) 荒井秀氏には、平成二十年五月九日浮御堂にてインタビューの後、十日にお電話で伺った。氏によると、三島は八景巡りの一般の観光客に交じって、事前連絡もなく訪れ、名乗ることも、取材に来たと知らせることもなく、荒井氏も三島が訪れたことは御存知なかったという。三島を引率をしたマリンガイドさんが、次に来た時に「前回は三島由紀夫がいたからね」と、喜んで言っていたのが印象に残っており、小説に浮御堂が書かれているのも人から聞いて初めてお知りになったそうだ。

(27) 瀬田の中ノ島にあるアーブしが青年会館は昭和四十二年に設立された。大津歴史文化博物館・和田光生学芸員には、平成二十年五月七日にお話を伺った。

(28) 「彦根市観光マップ」によると、昭和二十六年に名勝の指定を受けている。

(29) 八景亭主人・竹中清澄氏には平成十四年六月十六日、八景亭にてお話を伺った。八景亭は昭和九年から料理旅館として経営しているが、先代女将であるお母様や、当時いらっしゃった仲居さんも、昭和三十八年前後に三島が来たことをご記憶ではないそうだ。

(30) 注(12)に同じ。

(31) 平成二十年五月十七日、宗安寺にてインタビューさせて頂いたあと、メールでも質問にお答え頂いた。

(32) 彦根宗安寺第二十九世宮川桂禅「正四位木村長門重成首塚の沿革」(大15・4再版、現住職竹内眞道氏が加筆)

(33) 河内屋菊水丸「木村長門守重成」(「毎日新聞」平20・5・26、朝刊)

(34) 無署名「観光湖国　秋へはや手回し」(「滋賀日日新聞」昭38・8・26、朝刊)

(35) 注(11)、(23)、また「朝日新聞」の記事より。

(36) 注(12)に同じ。

(37) NHK大河ドラマ第一作として「花の生涯」放映開始。尾上松緑、佐田啓二、淡島千景、香川京子、芦田伸介、嵐寛寿郎らが出演した。

(38) 「毎日新聞(夕刊)」(昭27・7・10〜昭28・8・23)に連載された後、単行本『花の生涯』(昭28・6・10、新潮社)、『花の生涯　続』(昭28・11・10、新潮社)発行。

(39) 「〝花の生涯ブーム〟彦根」(「読売新聞(滋賀版)」昭38・8・29、朝刊)

(40) 「ブームにわく彦根〝花の生涯〟」(「滋賀日日新聞」昭38・9・9、朝刊)

(41)『滋賀年鑑 1964年版』(昭38・11・10、滋賀日日新聞社)246頁。
(42)『滋賀年鑑 1965年版』(昭39・11・10、滋賀日日新聞社)186頁。
(43)『滋賀年鑑 1966年版』(昭40・11・10、滋賀日日新聞社)167頁。
(44) 中村直勝編『彦根市史 下』(昭39・3・30、彦根市役所)48頁。

阪神間モダニズム再考

井上章一

しばらくおつきあい下さい。井上です。大澤壽人という人をご存じでしょうか。音楽家です。私が大好きな作曲家です。一九三〇年代くらいから仕事をした人ですが、ピアノコンチェルトの第二番と第三番は一度聴いてみてください。日本人にもこんな作曲家がいるのかと、音楽の好きな人はうっとりとしてくれると思います。あとひとり貴志康一という人を挙げます。ご存じの方はいらっしゃるでしょうか。これも一九三〇年代に活躍をした人です。ヴァイオリニストですが、ドイツへ行き、おそらく日本人としては一番最初にベルリンフィルハーモニーの指揮を任された人だと思います。男前でね、なかなかシュッとしたはるひとで、これは言い過ぎかもしれませんが、もし若くして亡くならなかったら、浪速のカラヤンといわれるような人になったのではないかと思います。いずれも一九三〇、あるいは一九四〇年代の阪神間で活躍した音楽家です。いわゆる関西モダニズムを代表する人たちです。東京音大には行かなかったので、音楽史のなかでもあまり語られることがありません。ですが、東京音大など問題にもしなかった、直接世界とむきあう、大阪が生み出した国際的な音楽家であったと思います。

関西モダニズムの話をします。うちの研究所（国際日本文化研究センター）の鈴木貞美も共同研究をしているのですが、わたしは既存の関西モダニズム観になじめないものを感じています。そのことを、貴志康一というヴァイオリニスト、後に指揮者となった男の足跡から申し上げたいと思います。

貴志康一にはひとつの伝説がありました。阪神間の山手にお家があったんですが、幼いころヴァイオリンを練習しているとロシア人が家を訪ねてきて、こう言ったといいます。「なかなか筋が良い、自分はちゃんとしたヴァイオリンのトレーニングができるから、自分を家庭教師として雇ったらどうか」。貴志は、そんな彼の指導を受けていっちょまえのヴァイオリニストになってドイツへ留学するんです。このエピソードのおもしろいところは、そのロシア人が家の近所を歩いていて、音を聴いて飛び込んできたという、ほとんど押し売りのような家庭教師やというところです。当時は、ロシア革命以降、亡命ロシア人たちが大勢、阪神界隈に来ました。

なぜそんな人たちがいたのか。ロシアの宮廷で音楽に携わっていた人たちは、仕事が無くなります。つまり、音楽教育の能力をもっているけど、その力を活かす途のないロシア人が、日本にやってくるのです。神戸港から降り立ったせいで阪神間に多くいたのでしょう。ですがそれ以外にもう一つ考えたいことがあります。一九二〇年代、あるいは三〇年代において、ヴァイオリンやピアノのお稽古を子供にさせるお家とは、どういうお家だったでしょうか。途方もない金持ちの家に限られていたと思います。そしてそのロシア人のヴァイオリニストが、芦屋のあたりをうろうろしていて、いきなり家に飛び込んでくるというこのエピソードはなにを語っているのでしょうか。それは、彼らにピアノやヴァイオリンのレッスン料を払ってくれるお金持ちが阪神間に集中していたということを、ほのめかします。東京音大に職を得たレオン・シロタというピアニストは、東京に移り住みますが、定職が見つからなかったそれ以外の人は多く、阪神間に住みつきました。余談ですが、そうした人たちのうちの一人が、舞踏のレッスンを宝塚少女歌劇で引き受けたりするようになりますし、亡命ロシア人たちが、阪神間の音楽界にもたらした意味合いは侮れないと思います。ひょっとしたら、後のパルナスのピロシキにつながるロシアへの愛というのはこのへんから育まれているのではないかなどと思うんやけれども、自信はありません。

で、まずあの辺りに、どういう階層の人たちがいたかというと、灘の造り酒屋。これ大金持ちでしょうね。それから、大阪の船場あたりのブルジョアが、一九二〇年代になると本宅を阪神間に構えるようになります。そういう人たちが阪神間の山の手のほうに住んだんやと思います。

ここで突然ですが、東京帝大を卒業した人が、後にどこへ住むかということを調べた教育社会学の研究があります。私はこれを読んで「ああなるほど」と思ったんですが、近畿地方では圧倒的に阪神間の山手に住み着いています。芦屋、夙川、岡本などです。そして、これは語弊があるけれども、一九二〇年～三十何年までの東京帝大卒業生がどこに住んでたかいう研究でみたんですが……。まあ、いうてもええよね。大阪の大正区にはただの一人も住んでいませんでした。どういうことかおわかりでしょうか。要するに、灘、浪速の商人たちは娘の婿に東京帝大を出た学士様の次、三男を養子として迎えたのです。そういう地域だったのだと思います。そういう人たちが甲子園ホテルで披露宴をやったりしたはったんでしょう。僕は甲子園ホテルの関係者に訊いたことがあるけど、うちではそういう披露宴が多かったと実際に言うたはりました。なお、今この甲子園ホテルは武庫川女子大のゲストハウスみたいなものとして使われております。

で、ここからが私の言いたいことなんですが、東京の学士様を大勢迎えたあの辺りでは、関西弁をあまり使わなくなるんですね。関西弁を喋らない人たちが大勢出現したのです。田辺聖子などがよくこのことを書きますよね。昔あの辺は、船場ことばと標準語が混じったような言葉遣いをしていたと、ご自分の小説のなかでよく書いたはると思います。あの辺りでも、船場で育った奥さんたちは、大阪ことばがぬけなかったと思いますが、極力婿の学士様にあわせて、東京風に喋るよう努めたはったんだと思います。ついでにいうとあの辺りは日本では最も私立学校の多い地域だと考えます。それも、明け透けに言うのは憚るんやけど、おそらく浪速のブルジョアと、灘のブルジョアが結託をして、近所の漁民や農民や、あるいは神戸の港湾労働者の行くような学校に息子・娘を入れたくないという階級意識が私立学校を多く生んだのだと思います。今日のあつまりでも、そういったところを卒業していらっしゃるかたが、おおぜいいらっしゃるかもしれません。私の言いようを勘弁してください。ですが、私はあそこいらが日本でも類をみない私学の集中している地域になった最大の原因は、あの辺りに居をかまえたブルジョアの人民蔑視にあったと思います。

これはね、ちょっと確かめられてへんねんけれども、昔は小林聖心という女子校で関西弁を喋ることが禁止されていたという噂を聞いたことがあります。まあ、小林聖心を出れば大学は必然的に東京の聖心女子大に行く、その可能性があるわけですから、「東京に出たときに恥をかかんように浪速ことばは控えましょう」という校風だったと聞きます。小林聖心は阪神間の学校ではないんやけれども、極力、大阪ことば、浪速ことばは使うまいというかつてのこころざしが偲ばれるエピソードではないでしょうか。

どうして東京の学士様を婿として迎える気になったのかは考えるまでもないと思います。結局、大阪の商人たちは、東京で行われる産業政策についての情報が欲しいわけですよ。その産業政策を進める人たちの多くは、やはり、帝大を出た学士様ですから、その帝大を出た学士様のお友達の婿から、情報を仕入れようという思惑もあったのではないかと思います。

こういう思惑は一九六〇年代くらいから要らなくなります。どうして要らなくなるかというと、もうわざわざ、お婿さんに学士様を迎えなくても、本社を丸ごと東京に移せば東京の通産省の思惑は直に仕入れることができる。そう判断したのでしょう。一九五〇年代の後半、六〇年代くらいから、大阪の企業は、本社機能をどんどん東京へ移すようになりました。芦屋、岡本、六麓荘の辺りではもう東大出の学士様を迎えなくなります。必要がなくなってきたんだと思います。ついでに言いますが、言い切りすぎるかもしれへんけれども、二〇世紀も中頃になると、お嬢ちゃんのほうも、「わたしの夫を親の思惑で決められたくない」という思いをだんだん強めたんじゃないでしょうか。親は「東大出の学士さんを婿にする」っていうても、「そんなん堪忍して、私には好きな人がいる！」という親子の問題もあったような気がします。まあとにかく、六〇年代くらいからあの辺りは、あまり東京の学士様にこだわる地域ではなくなってきます。

そのせいでしょう、しばらくすると阪急沿線の山の手のほうでだんだん関西弁が蘇るようになってきます。今はあのあたりでも関西弁を喋る人が増えてるのではないでしょうか。あのあたりに住んではるおばあさんでまだ、標準語と船場ことばが混じったような言い回しを留めているかたが、ちらほらいるとは思いますが、もうだんだんテレビのヴァラエティ番組で流れるような大阪弁をしゃべるような若い人たちがごく普通に育まれる地域になってきているような気がいたします。そうですね、関西弁はあの辺りで蘇ったと言っていいとおもいます。あのあたりの私学でももう関西弁をしゃべり出しているのではないでしょうか。ついでに言いますと、多くの人が庶民と同じように阪神タイガースファンになりだしているのではないでしょうか。その意味では、関西文化が蘇ったんです。ですが、蘇ると同時に一九二〇、三〇年代に大澤壽人のピアノコンチェルトを生んだようなハイブローな文化は廃れていったような気がします。

あの辺りに育まれた先端的な文化を阪神間モダニズムといい、関西モダニズムといいます。うちの研究所にいる鈴木貞美もそういう議論に荷担しているのですが、私には一抹の疑問があるわけです。こう思うと切ない話なのですが、あそこに育まれたモダニズムは、あそこが関西弁を一番捨てていた時期に、東京へ歩み寄ろうとした時期に、浪速の商人たちが一番背伸びをしていて関西の地べたから離れようとした時期に花咲いたのではなかったのだろうか。そう考えるとあれを阪神間モダニズムと呼び、関西モダニズムということにわだかまりを感じます。でもこの疑問はおかしいのかもしれません。

私は京都人ではないんですよ。生まれたのは嵯峨野ですし、今は宇治に住んでいます。京都というと嫌な街でね。

一昨年、KBSホールで全日本プロレスの興行を観にいったんですが、**"brother"** YASSHI（ブラザーヤッシー）という悪役レスラーがリングにあがってマイクをつかんで「**"brother"** YASSHIが京都へ帰ってきた！　みんな応援してくれ！」というマイクパフォーマンスをするのですが、そのときに、異口同音に四つ五つ飛んだやじがありました。恐ろしいやじでしたよ。「おまえなんか宇治やないか！　京都とちゃうやないか！」というやじでした。こんなやじほかの街で考えられるでしょうか。大阪へ帰ってきたという凱旋のアピールをするレスラーに対して「おまえなんか守口やないか！　寝屋川やないか！」というやじが飛ぶでしょうか。まあ飛ぶのかもしれませんが……。「おまえなんか宇治やないか！」というやじを聞きながら、宇治市に住んでいる私はどんな想いでそのリングを見ていたか察していただけるでしょうか。

話を戻します。京都はプライドの高い街です。標準語を聞いてもそれに学ぼうという気をあまり起こさない街です。むしろ「下品な言葉遣いやなあ」とさえ思いかねん部分があります。率直に申し上げますが、宇治に住んでいる私でさえそう感じています。「宇治市民風情がなんや」とか、「嵯峨野育ちのくせに生意気な」などと言われかねない私でさえ、ね。でも、こういう言語感覚は関西の平均的なそれからずれているかもしれません。

京都大学へ通うようになったときに、姫路出身の子や、神戸出身の子らが、努力して標準語っぽい音を作ろうとしているのをみて、奇異に感じたことがありました。ですから極力関西弁から離れようとした時代の、阪神間で育まれたモダニズムを阪神のモダニズムではないと言い切る私に、みみっちい京都根性があるかもしれません。ですから判断を留保したほうがよいのかもしれないというふうにも思いますが、でも、あんなものは阪神のモダニズムじゃあないと言いきりたい想いもあります。

さきほど貴志康一が浪速のカラヤンになれる可能性を持っていたと言いましたが、今や、キダタローが浪速のモーツァルトです。そう、現代の阪神間はとてもカラヤンを育むような土壌をもっていません。キダタローを作るような土壌はありますよ。あるいは、宮川左近ショウにいた暁師匠のことをどのくらいの人が知ったはるかな。あの、浪速のエリック・クラプトンといいますが、みんな知らないんかな。まあいいや。でもカラヤンに比べれば、ランクが落ちたように思わんでもないんですが、私はキダタローさんのほうに、「ああ、大阪が生んだ文化やな」といった気分をいだきます。音楽的には大澤壽人のほうが、ずっと好きですが、しかしあれは関西の生んだモダニズムではないという気持ちが拭えません。こういう問題をどう考えたらいいのか、後で皆さんと語り合いたいと思います。

ついでに申し上げますが、花﨑さんが大岡昇平に託されて語られた問題の背景にもこのことがあるんじゃないかと思いますね。阪神間のアッパークラスには一九六〇年代に入るまでは関西弁をやや厭う傾向があった。ひょっとしたら関西育ちでありながら「ミモザの会」に入ってみようという人たちもおりかねへん地域やったということを、改めて下地として考えると大岡昇平の描いたあの世界もまた少しニュアンスの違う読みとりようがでてくるかもしれへんなと思います。私は文学の研究者ではないので音楽の話を中心にしてしまいましたが、ご容赦下さい。このへんで下がりたいと思います。

企画を終えて
——質疑応答の報告と展望——

熊谷昭宏
島村健司
宮薗美佳

かつて京ことばは、日本語のなかで政治・文化の中心的なことばでした。その京ことばが今も日常生活のなかで飛び交う京都市の花園大学で、「関西弁」に関するこのシンポジウムが開催されたことには、偶然や縁といったものを超えた何らかの意義があるのではないでしょうか。発表者四名のうち三名が「関西」出身者で、一名が「関西」以東で育ったという経歴の違いがあります。また、専門領域について言えば、文学研究を専門にする方とそうでない方との違いがあります。このような発表者自身が自覚するそれぞれの異なるアイデンティティーが、それぞれの発表内容にも影響していたように思われます。このことが逆に、さまざまな立場から「関西弁」を照射することを可能にし、またディスカッションにおいて、その問題をローカルな枠の外部に開いていくような議論につながったことも事実でしょう。

*

以下、ディスカッションにおける主要な質疑応答の内容を紹介し、最後に企画者三名が考えた本企画の問題点と可能性について述べることにしたいと思います。

まず、増田周子さん（関西大学）から井上章一さんに対して、宇野浩二などの大阪出身作家や「大阪文芸同好会」の活動を例にあげ、東京とは異なる文芸の「モダニズム」運動が関西でも展開されていたのではないか、という質問が投げかけられました。これに対し井上さんは、文芸ではなくあくまで音楽に注目した場合の「モダニズム」に関する発表であったことを確認したうえで、一九二〇～三〇年代の阪神間では、富裕層が「家」に東京の大学を出た学士を迎え入れることを欲望し、その欲望が阪神間「モダニズム」を下支えしていたことを改めて強調しました。

次に、安井寿枝さん（甲南大学非常勤講師）が宮川康さんに対し、発表資料にあげられた語彙表に関する質問を行いました。内容は、織田作之助の「ひとりすまふ」から「探し人」までの作品に用いられた表現について、標準語的な表現と大阪弁的な表現（「～なんだ」、「よう～なかった」等）の数の変化に何らかの意味（織田の意図等）を見出せるのか、というものでした。これに対し宮川さんは、織田の小説の地の文は語彙的には基本的に標準語であり、今回の発表は織田が想定していた地の文のアクセントの問題を追及するものであったと断りました。そのうえで、総量としては極めて少ない大阪弁的表現は、織田自身が大阪弁的表現に対してかけていた「抑制」が、何らかの理由で緩んだ結果、用いられたものであるという理解を示しました。そして、「夫婦善哉」以降に「〜なんだ」、「よう〜しない」という表現が増加することについては、その頻度にかかわらず、標準語のアクセントでは読みにくいそれらの表現を用いた時点で、織田が小説を標準語で読まれることを拒否しているのだ、としました。

浅野洋さん（近畿大学）は井上さんに対し、阪神間「モダニズム」の象徴である高度な音楽教育を支えた亡命ロシア人音楽家の移動に関し、それを可能にした条件の一つに神戸港という国際的な港湾の存在があるとし、同様の条件を備えた横浜、長崎等の都市における「モダニズム」成立の可能性について説明を求めました。加えて、自らのことば（例えば「関西弁」）を抑圧する文化的な「宙づり」状態が「モダニズム」文化を生むのか、それとも「モダニズム」文化自体がそのような逆説を予め内包するのか、という疑問も呈しました。これに対し井上さんは、噂を含め、亡命ロシア人の間で、この時期の阪神間において、子供に高度な音楽教育を受けさせようと考える富裕層が多数存在するという情報が共有されていた、という可能性を指摘しました。また、「関西弁」の抑圧と「モダニズム」の関係については、一八〜一九世紀のドイツおよびロシア文学を例にとり、フランス文学に憧れることで近代ドイツ・ロシア文学が花開いたのと同様に、東京のことばに憧れることで関西の「モダニズム」が成立した、という西洋文学の歴史との相同性を指摘しました。そして、芸術的な生産性が言語の抑圧によって低下するとは限らないということも付け加えました。

和田芳英（無所属）さんは、亡命白系ロシア人が湘南地域に多く集まり、独自の文化の形成に寄与したという歴史的事実と、同じく亡命ロシア人が関与した阪神間「モダニズム」との関係性を井上さんに問いました。井上さんは、学術的なポストを得る機会が首都圏により多かったことを認めたうえで、国内の学術的ヒエラルキーを念頭に置かず、高等な娯楽として子供に音楽を習わせようとする富裕層が首都圏と比べて阪神間に多く存在し、そのような富裕層の資本を魅力に感じるロシア人もまた多かったのだ、と説明しました。

この後、司会の島村健司から、大正末期に登場したラジオ、戦後に登場したテレビは、いずれも日本人の生活に多大な影響をあたえたが、それらの音声メディアとしての性質と「関西弁」、そして書きことばおよび文学との関係はどのように説明できるか、という質問がパネリスト全員に対してなされました。宮川さんは、各種メディアと織田作之助の「関西弁」とのかかわりを実証することは困難だと説明したうえで、織田が「関西弁」で書いた小説などが商品として全国に流通することになった状況を、各種メディアとのかかわりから考察する必要があることを指摘しました。そして、織田の小説

壇上の発表者

（左から宮川康さん、花﨑育代さん、木谷真紀子さん、井上章一さん）

に時折見られる「あかんで（ぜ）」等の表記は、現在よりも「関西弁」の認知度が低い時代の読者に、「関西弁」の意味を理解させるための努力の結果であったと述べました。花﨑育代さんは明治期の徳冨蘆花「不如帰」における地の文と会話文との関係を例に、「関西弁」が小説では主として会話文に用いられてきたことを指摘しました。ただし、「方言」を小説に用いることで地方色が出されているという指摘にとどまることには疑問を感じるとし、「酸素」の雅子が用いる「あんた」／「あなた」の使い分けを細かく調査することで浮上する違和感を拾い上げることが、小説における「関西弁」の意味を考えるうえで重要であるという提言を行いました。木谷真紀子さんは、「愛の渇き」、「愛の疾走」といった三島作品を例に、小説において「方言」によって印象づけられる登場人物の話し振りがその人物のアイデンティティーにかかわることを、三島がある時期から強く意識したのではないかという見解を示しました。そして、「絹と明察」などの諸作が、三島が文字によって音声の壁を越える試みであったのではないか、と付け加えました。井上さんは、織田作之助が「関西弁」を書くことで苦悩したという宮川さんの意見を、自身の著作活動に関係づけ、「関西弁」を内面化した者は、標準語を内面化した者と比べて話しことばと書きことばとの間の葛藤に苦しむ度合いが強いと指摘しました。また、それが標準語という「他者」との出会いであるとも述べました。

太田登さん（天理大学名誉教授）からは、パネリストが問題化した昭和期の文学における「関西弁」表現が、その後の文学にどのような影響を与えたのか、という文学史にかかわる問いが出されれました。また、宮川さんが用いた織田作之助の「戦略」という用語についてはその内実を問い、花﨑さん対しては、「酸素」の雅子が用いる「あんた」／「あなた」という表現が女性ジェンダーの問題、とくに「関西」の女性の自己表現とどのようにかかわるのか、という質問を行いました。この質問に対し宮川さんは、織田は大阪のことばを抑圧しようとするもなしえず、あえてその「負」の部分を強調することで自らの独自性を打ち出したとしました。花﨑さんは、大岡の「関西弁」使用の試みについて、後の文学への影響を見出しがたいと答えました。そのうえで、同時代音声メディアの影響は認め、ラジオを媒介とした「えんたつ・あちゃこ」の情報が作品に投影されていることを指摘しました。「あんた」／「あなた」の使い分けの問題については、それが雅子によって自由に行われていることに注目し、雅子が「関西」において本来はそれが下位の女性から上位の男性に対する表現であることを無視し、彼女がそのような「関西弁」の文法を破壊する可能性を持った女性であることを指摘しました。また、「酸素」から「花影」、「黒髪」と続く作品群のなかで、「あんた」／「あなた」という「関西弁」の使い分けが、女性の生き方と連動していることも付け加えました。この太田さんの質問に対しては木谷さん、井上さんもそれぞれの発表に関係づけてコメントしました。木谷さんは、三島が昭和四〇年から取り組んだ「豊饒の海」において門跡の京ことばが長大な物語を統括していることを指摘したうえで、書きことばとしての「関西弁」に注目することで三島が創出した物語を読み解く新たな視座が得られるとしました。井上さんは「関西弁」のジェンダーについて、京都出身の女性の「かんにん」という表現が首都圏出身の男性に極めて好意的に受け取られる例を示し、文学においてそのようなジェンダーバランスが見られないかどうかを調べてみてはどうか、という文学研究者への提言を行いました。また太田さんが言及した「戦略」については、自身が座談会等の内容を活字化する際に、「関西弁」の語彙を用いることを期待されることを例に、文字化できないアクセントと文字化できる語彙の関係が、書かれる「関西弁」に大きく影響しているとの見解を示しました。そのうえで、そのような期待を受け入れる、つまり「戦略」的に「関西弁」を用いることで、「関西弁」表現者としての新たな可能性が開示されるのでは、と述べました。さらに、織田作之助はそのような「関西弁」をめぐる問題に正面から取り組み、苦悩した作家であるのではないかという理解も示しました。

ディスカッションの最後に日比嘉高さん（京都教育大学）は、「方言」について語る際に、必ず出身地や用いる「方言」といったアイデンティティーが問われることに触れ、「方言」をめぐる言説が常に「本来」性／「偽物」性という対立の上に成立するのではないか、という意見を述べました。また、ことば（「方言」）は「スイッチ」可能なものであり、ある困難な構造のなかに組み込まれた際、人はその状況を打開するため、「戦略」的に「方言」をスイッチし、「本来」性に対抗したりうまくやり過ごしながら、世界を生き抜くのではないか、という考えを示しました。そのような例として「絹と明察」を挙げ、工場労働者たちの「駒沢紡績語」は、「関西弁」という「本来」語に対抗する「人工」語なのではないか、とも述べました。

＊

さまざまな意見が飛び交い、さまざまな可能性が示されたディスカッションでした。しかし、それらが「さまざま」であることが、近代文学と「関西弁」との関係を語ることの難しさを逆説的に証明する形にもなったのではないでしょうか。例えば、安井さんが宮川さんに対して行った質問は「関西弁」の語彙に関するものでしたが、宮川さんはその質問に答えるなかで、自身の発表の最大の関心事が作家および読者がテクストからどのようなアクセント、イントネーションを想像するかということにあったと述べています。これはディスカッションの中盤で司会の島村がパネリスト全員に向けて発した問いにも関係します。つまり、あくまでも「書かれた」ことばの集積としてわたしたちの前に現れるテクストから、「関西弁」を特徴づけるはずの音声をどのように抽出できる（または、できない）のか、という問題が起こってくるわけです。この問題については、パネリスト諸氏が度々口にした、ラジオ、テレビ（最近であればインターネットも含まれるでしょう）などの音声メディアと近代文学とのかかわりに、改めて注目する必要がありそうです。

また、井上さんが強調した、一九二〇～三〇年代の阪神間「モダニズム」のなかで行われた「関西弁」の抑圧の問題については、浅野さんらの質問と井上さん自身の回答のなかで、それが政治・経済・芸術などさまざまな文脈からとらえ直す必要があるものだということに、わたしたちは気づくことになりました。偶然にも、花﨑さんが発表のなかで主たる分析対象とした大岡昇平の「酸素」は、そのような「モダニズム」文化のなかに生きた人々の物語です。そこには、単なる「東京」／「関西」という対立を設定するだけでは見えてこない「抑圧」が、さらには「抑圧」／「解放」のモデルでも括ることのできない雅子の言語感覚が働いているわけです。見過ごしがちなこれらの事柄に注目することで、花﨑さんは「酸素」の新たな読みの可能性を提示したわけですが、「関西」で奇妙な「駒沢紡績語」を話す人々が登場する、木谷さんの発表で分析された三島の「絹と明察」も、同様の視座から分析をすることが可能でしょう。

この「関西弁」の「抑圧」の問題は、日比さんが提示した「方言」とアイデンティティーとの関係、そして「戦略」としての「方言」の「スイッチ」や「偽装」ともかかわります。これは今回のディスカッションで浮上した問題群を整理するうえで是非とも考えておきたいトピックです。「方言」とテクストとの関係を論じはじめると、語られることばの「正確さ」／「不正確さ」という対立に目を奪われがちです。しかし、その対立を見出し、同時に自身のアイデンティティーを再確認しようとする欲望のような、ある意味で倫理観のようなもの、それ自体を客観的に分析する必要があるのではないでしょうか。このような観点から近代日本の文学を眺めた時、それぞれのテクストにおいてさまざまな形で「方言」が「偽装」され、その「偽装」を用いて人物がある状況を生き抜く（またはそれに失敗する）という物語が所々に立ち現われてくることが予想されます。近代において「関西弁」は、「偽装」される「方言」の代表として話され、書かれてきたことばである、と意味づけることも可能かもしれません。あるいは、「偽装」される「方言」に抗う葛藤を近代文学に見出せるかもしれません。このような観点は文学における「関西人」表象を歴史的に考察する場合にも有効でしょう。

近代文学おける「関西弁」がわたしたちに示してくれたものは、予想以上に大きく、魅力的なものだったようです。これらの問題について、今後さらなる実証的かつ理論的な研究が行われることを期待し、また、わたしたち自身も継続的にかかわっていきたいと思います。

※まとめにあたり、本書全体の表記の統一等に関しての文責は、島村・熊谷・宮薗が負っています。

※本シンポジウムは二〇〇八年六月一四日に花園大学において開催されました。

あとがき

このブックレットは、二〇〇八年度日本近代文学会関西支部春季大会での特集企画「《シンポジウム》近代文学のなかの〝関西弁〟―語る関西／語られる関西―」を再現し掲載したものである。パネリストはご覧の通りの方々で、司会は島村健司氏、熊谷照宏氏が務めた。本冊子がパネリストの口頭発表と質疑応答によって成り立っているのは言うまでもないが、ここでは、記録保存の意味も含めていわゆる裏方の仕事について簡略に記しておきたい。

「《シンポジウム》近代文学のなかの〝関西弁〟―語る関西／語られる関西―」は、二〇〇八年六月一四日、花園大学・無聖館ホールで行われた。会場校の設営は、浅子逸男氏が取り仕切ってくださった。本企画は、太田登・前支部長及び増田周子・前事務局運営委員長と前運営委員会で立案準備され、運営は、浅野洋・新支部長及び新事務局運営委員長と運営委員一九名が行った。同年四月に支部長と運営委員長が交代し、事務局が近畿大学に移ったからである。本企画の中心的な立案者である島村健司氏、熊谷昭宏氏、宮薗美佳氏は継続して現運営委員会にも属し、立案から運営まで一貫して携わり、このブックレットの編集作業にもあたってくれた。

シンポジウムでは、〝関西弁〟が近代文学の作品内でどのように機能しているかが論じられ、また〝関西弁〟の話される地域社会の文化がいかにして成り立っていたかが論じられた。いずれも日本文学の学会では日本近代文学会関西支部だけが発信できる内容で、同時にそれらは地域文化論、社会言語学のほか、擬制的な標準語を使用する小説の地の文のイントネーションの問題、擬似共同体における言語使用と資本の問題など、「関西」に限定されない広がりを含んでいた。

ゲストに迎えた井上章一氏は、あの独特の柔らかな語り口で聴衆を魅了した。そこで今回のブックレットでは、テーマの内容をも鑑みて発表のときの話しことばを採録することにした。

発行は、いずみブックレット1『鉄道―関西近代のマトリクス』に引き続き和泉書院が引き受けてくださった。和泉書院社長の廣橋研三氏に厚く御礼申し上げる。テープ起こしは西佑一郎氏が担当した。

日本近代文学会関西支部事務局運営委員長　佐藤秀明

■執筆者紹介

熊谷昭宏（くまがい あきひろ） 同志社大学文学部嘱託講師
島村健司（しまむら けんじ） 龍谷大学文学部非常勤講師
宮薗美佳（みやぞの みか） 常盤会学園大学専任講師
宮川 康（みやがわ やすし） 大阪教育大学附属高等学校天王寺校舎教諭
花﨑育代（はなざき いくよ） 立命館大学文学部教授
木谷真紀子（きたに まきこ） 同志社大学文学部嘱託講師
井上章一（いのうえ しょういち） 国際日本文化研究センター教授
佐藤秀明（さとう ひであき） 近畿大学文芸学部教授

いずみブックレット3

近代文学のなかの〝関西弁〟
―語る関西／語られる関西―

二〇〇八年一一月八日 初版第一刷発行©

編者 日本近代文学会 関西支部
発行者 廣橋研三
発行所 和泉書院

〒543-0002 大阪市天王寺区上汐五―三―八
電話 〇六―六七七一―一四六七
振替 〇〇九七〇―八―一五〇四三

印刷・製本 シナノ

ISBN978-4-7576-0491-9 C1395

日本近代文学会関西支部編

ISBN 978-4-7576-0437-7

鉄道

関西近代のマトリクス

いずみブックレット1

鉄道と文学のコラボレーション

■Ａ５並製・六四頁・定価九四五円（本体九〇〇円）

二〇〇七年六月に大阪大学にて行われた日本近代文学会関西支部春季大会での成果を収める。二四八名が埋め尽くした会場での、熱気に満ちあふれたシンポジウムの全貌をお届けする。

関西の鉄道網の発達は、文化の移動をもたらし、空間の配置、時間の感覚、そこに生きる人々の経験を劇的に変えた。関西鉄道のマトリクス（基盤・母型・回路）が、関西という土地の近代をどのように創りあげたのか、そしてそれらは関西の文化にいかなる影響を与え、文学はそうした鉄道のもたらした近代といかなる関係を取り結んできたのかを追求する。三人のパネリストの「報告内容」、「質疑応答の報告と展望」などを収載し、可能な限り、シンポジウムの内容を再現した。鉄道と文学の交差路から浮かびあがる様々な諸相から、新たな問題を感じて頂ければ幸いである。